ヤシキガミ団地 調査録

Yashikigami Danchi Chousaroku

木古おうみ

Kifuru Oumi

ヤシキガミ団地調査録

contents

父は、一軒家が嫌いだった。

「戸建は良くないんだよなあ」

枯れた松の葉がアスファルトに散る帰り道で、幼い俺の手を引きながら父はそう言った。帰り道というのは俺にとってのことで、父にとっては違った。防砂林代わりの松が日差しを遮る海岸埋立地の市営団地に住んでいたのは俺と母だけだ。

父は何ヶ月も現れないかと思えば、偶《たま》にこうして何の前触れもなく訪れる。父の話は幼い俺にはほとんど理解できなかったが、少しでも引き留めたい一心から鸚鵡《おうむ》返しで質問したのを覚えている。

「何で戸建はよくないの」

「上手く言えないけど、ひとの生活が染みつきすぎてるんだ。賃貸はすぐ引っ越せるけど、持ち家はそうもいかないからずっとそこで生活するだろう」

「うん」

「そうすると、補助輪付きの自転車とか、身長を測った柱の傷とか、何年も前のものが記憶と一緒に蓄積されていくんだ。家に根っこを張るみたいに暮らしてると、いつか家の方がひとに絡みついてきて自由に動けなくなる。それが怖いんだよ」

「自由でいたいってこと?」

「お前は賢いな」

雑に頭を撫でる父の手からは煙草の匂いがした。俺は地面の凹凸にへばりついて剥《は》がれない松の葉を靴先で蹴った。

「自由でいたいから、お父さんは俺たちと一緒に暮らさないの？」

そう尋ねたとき父は、今まで見たことがないくらい傷ついた顔をした。見開いた目が小さく震えて、消え入りそうな声で父は言った。

「違うよ。ごめんな」

「じゃあ、何で？」

「危険なことに巻き込みたくない」

父は見慣れた笑顔に戻って、片手に提げていたビニール袋を俺に押し付けた。父は帰ってくるたび、詫び代わりに大量の菓子を持ってきた。大抵は知らない土地の銘菓だった。取材先で買ったのだろう。俺は父が記事を寄せている雑誌も、取材した内容も、行った場所も知らない。旅行に行く機会もない遠い場所の名産品にだけ詳しくなった。

父は潮風で汚れた団地の前で足を止めた。

「でも、もうすぐ一緒に暮らせそうだから。そのときは、俺たちだけの家を買おう。頑張るから」

壁一枚隔てた先の道路は絶えず大型車が走行していて、海鳴りと父の声を掻《か》き消した。俺は信じないまま頷《うなず》いた。次会えるのはいつになるかも曖昧な存在だった。父は連絡も寄越さず、ある日突然待ち伏せするように団地の脇の公園のベンチに座って俺を待っている。俺に会えずに帰った日もあるだろう。俺も学校の帰りに仄暗《ほのぐら》い公園を眺めて待ち続けた日があるように。

それから、二度と父が来ることはなかった。俺が中学二年生の頃、家に帰ると、塗装が剥げた臙脂《えんじ》色の扉にビニール袋がかかっていたことがあった。

手提げの紐が切れて、中から溢《こぼ》れたバターサンドクッキーが廊下に散らばっていた。菓子袋のひとつを拾い、踏まれて粉々に砕けたクッキーの感触を確かめながら、父のようにはならないように生きようと思った。

調査file 1:

繋がれる公園

真っ当に生きようと決めて浮かんだ道は、公務員だった。

母に連れられて、父の死亡届を提出しに行ったとき、真っ白に輝く区役所を見て決めたことだ。蛍光灯の光が反射するリノリウムの床と、膨大な書類が規則正しく詰め込まれた棚、清潔で生真面目そうな職員たち。自分の生活と全てがかけ離れていた。この一員になれたら、俺は自分を真っ当だと思えるだろう。

あの頃のことを思い出しながら、早朝の新宿駅《しんじゅく》を睨《にら》んだ。新品のスーツは窮屈だが、自分を社会人の型に押し込めてくれるようで嫌いじゃない。だが、早くもこの街は好きになれないと思った。

駅前はひとでごった返している。

ニュースで見たときには輝いて見えたビル群は、実際見ると、朝に似つかわしくないモニターの強烈な彩光が猥雑《わいざつ》だった。ロータリーに屯《たむろ》しているのはこれから会社に向かう会社員だが、街から押し寄せてくるのは遊び疲れて遅い帰路に就く若者たちだ。

路地を進むと、仕事を終えたホストたちがコンビニの裏で煙草やアイスバーを片手に眠そうな顔で談笑していた。俺とは重ならないはずの人生が一瞬交錯したようで不思議な気分になる。何故、この街の区役所はこれほど雑多な通りにあるのだろう。

林立するビルに紛れて、歴史を感じる西洋風の建物が現れた。正面の噴水に立つ青銅色の像は風雨と劣化で変色している。繁華街の中で異質なこの建物が新宿区役所だ。

一歩踏み出そうとしたとき、背後から声をかけられた気がした。振り向くと、長身の女性が立っていた。三十代半ばだろうか。目の下のクマがくっきりと濃い。彼女は百七十センチ以上ありそうな背を折り曲げて俺を見つめていた。俺は感じた不気味さを表に出さないよう、顔を引き締める。彼女の黒いスーツの襟《えり》から、「赤家《あかいえ》」と記されたネームプレートが覗いた。今日から俺の上司になる人間だ。

俺は姿勢を正し、慌てて一礼する。

「今日付で配属された守屋《もりや》亨《とおる》です。未熟ではありますが、ご指導ご鞭撻《べんたつ》の程よろしくお願いします」

「赤家です。若いのにしっかりしてますね」

赤家は更に身を折って礼を返すと、顔色の悪い頬《ほお》に微笑を浮かべた。笑うと印象が変わるひとだと思った。

「うちの部署を案内します。ついて来てください」

赤家は踵《きびす》を返すと、建物に向かって歩き出した。

区役所内は幼い頃の記憶の中の建物と似て、案内板と各部署が整然と並び、郵便局や図書館まで設置されていた。暗い色彩の調度と年季の入ったタイルが微かに仄暗い印象を受ける。赤家はすれ違う職員に会釈しながら、最も暗い方に向かい、廊下を分断する防火扉を押した。

真っ暗な通路を更に進むと、看板のない扉があった。赤家は躊躇《ちゅうちょ》することなくドアノブを回す。

ムッとする埃《ほこり》のにおいが押し寄せた。室内は、資料室と呼ぶには乱雑すぎる本の山の堆積だった。明らかに区役所の資料とは思えない、和綴じの古書や絵巻物と思われる紙類まで並んでいる。

絶句する俺に、赤家は小さく微笑んだ。

「ここが私たちの部署、ヤシキガミ団地調査班です」

「ヤシキガミ団地調査班……？　建築調整課では？」

「正しくは、建築調整課が擁《よう》する非公式の調査班ですね」

非公式、と口の中で呟《つぶや》く。赤家は机に雪崩《なだ》れる資料の山を押し退《の》け、俺にパイプ椅子を勧めた。

「ヤシキガミ団地というのは実在の団地の固有名詞ではないんです。都道府県の公的機関において、超常的な怪奇現象を引き起こす物件、それらをまとめて便宜上そう呼称しているだけ。いわば暗号ですね。我々はそういったものを調査する組織です」

「……超常的な怪奇現象とは、俗に言う幽霊屋敷のようなものですか」

「そう噂《うわさ》されているものもあります」

区役所内の狭い部屋が、幼少期に暮らしていた団地の畳部屋に変わった気がした。オカルトや心霊のようなものは父の得意分野だった。そういった胡乱《うろん》なものとの関わりを断つためにここまで来たのに。

無意識に漏れた声は、自分のものとは思えないほど暗かった。

「……俺の父のせいですか」

赤家は目を丸くした。

「俺の父がオカルト雑誌のライターだったことをご存知なんですか。だから、幽霊や怪奇現象に詳しい筋とのつながりを期待し、この部署に配属されたんですか。そういうことなら、ご期待には応えられません」

言い終えてから後悔する。初日から上司にこんな風に食ってかかるつもりはなかった。俺が口を噤《つぐ》むと、赤家は穏やかに眦《まなじり》を下げた。

「守屋さんのお父様に関しては個人的に聞き及んでいました。ですが、人事とは何の関係もありません」

「では、何故ですか」

「半年間、貴方の仕事を見ていた方々が、守屋さんなら如何なる状況にも真摯に向き合ってくれると判断したからです」

駄々をこねる生徒を宥《なだ》める教師のような口調に、頰が赤くなるのを感じた。俺は顔を背ける代わりに頭を下げる。


「守屋さんは、この街に来てどう思いましたか？」

唐突な問いに戸惑いつつ、俺は言葉を選びながら答えた。

「都会という印象でしたが、不思議な街ですね。雑多な通りのすぐそばに神社があったり、一本道を違うと別の街に来たようだと思いました」

「新宿は関東大震災後、被災した下町や地方からの移住者をきっかけに栄えた土地です。のちに伊勢丹に買収される布袋屋やムーランルージュなど、新しいものが次々と生まれました。新宿二丁目は飯盛女《めしもりおんな》の投げ込み寺があった場所ですし、名門中学のすぐ隣の通りに、子どもが入ってはいけない歓楽街があった。昔からそういう街なんです」

「何というか、光があれば影があるということですね」

「何が光で何が影か、断じることはできません。どれも発展のために様々なものが生み出される過程で生まれたもののひとつです。我々の仕事は影を作らないためではなく、影となってしまったものに対処することを目的としています」

　赤家は静かに言った。

「貴方をお呼びしたのは、貴方ならそれができると思ったからです」

　俺は少しの逡巡の後、頷いた。

「自分にできる限りのことでしたら……」

「守屋さんには、私の部下を助けてほしいんです」

　そう言うと、赤家は机の隅の古いパソコンを引き寄せた。

「ヤシキガミ団地の中で幽霊屋敷として扱われるようなものは極少数です。実際には怪談や都市伝説としても挙がらない、もっと不可解な現象が多数を占めています。見てもらった方がわかりやすいですね」

　パスワードのシールが貼られたパソコンの画面が向けられる。液晶には、監視カメラの映像らしきものが表示されていた。ひどく画素が粗く、平成初期のビデオテープじみている。

一部を拡大すると、ほとんどモザイク画のようになった人物の顔が見えた。かろうじて眼鏡をかけた男性だとわかる。街路樹に囲まれた道路を、ブリーフケースを提げて進んでいた。彼が白いマンションの前を通りかかったとき、一瞬映像が乱れた。画面が砂嵐に埋め尽くされる。次にカメラが元通りに戻った瞬間、男性の姿は消えていた。

赤家は一時停止のボタンを押し、俺に向き直る。

「いつの時代の映像だと思いましたか?」

「……詳しくは判断できませんが、画質からして平成初頭ではないかと」

「これは、最新の監視カメラで先月撮られたものなんです」

俺が意図を取りかねて聞き返すと、赤家は答える代わりに机の引き出しを漁《あさ》った。

「映像に映っていたのは市川《いちかわ》さん。このマンションの調査中に失踪した私の部下です。ここに配属されたのは二年前。彼の履歴書です」

赤家がクリアファイルから一枚の紙を差し出した。

「拝見します」

手に取ってから息を呑《の》んだ。履歴書の隅に貼られた写真が、監視カメラの映像と同じく、ひどく荒れていた。目と口が黒い空洞にしか見えず、顔の輪郭も歪んでいる。タイル画のようだった。

「市川さんが失踪してから彼の写っている写真は全て画質が劣化しています。これが、ヤシキガミ団地で起こることです」

俺を見つめる赤家の顔は、真剣そのものだった。


赤家から送られた地図に倣《なら》って辿り着いたのは、高級住宅街だった。

買い物帰りの親子連れが行き交う、賑やかだが猥雑ではない、光に満ちた街だ。

規則正しく整備された通りはどこも同じに見えて、目的地を見失いそうになる。ちょうど花柄のキャリーを引いた住民らしき老女が通りかかった。俺が声をかけると、老女は品のいい笑顔で答えた。

「件《くだん》のマンションならひとつ先の通りにあります。公園が目印ですからすぐわかりますよ」

「件の、ということは何か噂になっているんですか？」

老女は微かに眉を下げる。

「私も詳しくは知りませんが、皆さんそう言うんです。お子さんがいなくなったとか、変なひとが彷徨《うろつ》いているとか。今までそんなことが起こる場所じゃなかったのに」

「それはご不安でしょう」

老女に礼を言って見送り、足を進めた。父親に肩車された幼い少年とすれ違い、ふと昔を思い出す。日曜日、同級生が当然のように両親と歩いているのを見かけて、同じ街に住んでいるのに別世界の住人のように思えた。大人になった今、子どもの頃のような羨望は感じない。公務員として、彼らの暮らしを守る立場になったのだ。赤家の話は正直半信半疑だが、不安を訴える住人がいるなら、解消するのが俺の役目だ。

辿り着いたマンションは、ガラス製の巨塔のように燦然《さんぜん》と輝いていた。都会的だが無機質でないのは、真下に広がる緑豊かな公園のお陰だろう。ガラス張りで、冬もほど近いがまだ青々とした木々に囲まれ、木製の遊具が並んでいる。ついさっきまで子どもが遊んでいたのか、牛を模した乗り物が風もないのに揺れていた。監視カメラの映像とは結びつかない、新築の明るいマンションだった。

俺が立ち尽くしていると、エントランスから三十代ほどの夫婦が現れた。ふたりとも一目で富裕層だとわかる質のいい服を纏《まと》っていたが、顔色が悪く、目の下にはクマがあった。夫の方がおずおずと首を伸ばす。

「あの、役所の方ですか……?」

「区役所から参りました。守屋と申します」

俺は背筋を正して応えた。詳しい所属は明かすなと赤家から釘を刺されていた。夫婦は僅《わず》かに表情を曇らせた。

「やはり、警察の方には来ていただけないんですね」

「自分にできる限り努めさせていただきます。何かご不安なことはありますか」

何か言いかけた夫を、妻が袖を引いて制止する。ふたりは辺りを見回し、互いに頷き合った。

「よろしければ、中でお話ししますね」


夫婦は戸山《とやま》と名乗った。

案内された部屋は、物が少なく、広々として見えた。白で統一されたダイニングキッチンはどこか寒々しい。

促されるままテーブルにつき、夫婦と向き合って座る。差し出された紅茶に口をつけると、壁かけカレンダーが目についた。

六年を示す数字の下にサモエド犬がプリントされ、マス目にカラフルなシールが貼られていた。

俺の視線に気づいた戸山の妻が苦笑する。

「娘の未来《みく》が貼ったんです。どこにでもシールを貼りたがるから剥がすのが大変で」

「可愛らしいですね。おいくつなんですか」

「六歳になります。ちょうど年号が新しくなった年に生まれた子で、新しい時代を見てほしいって夫が名付けたんです」

夫は照れたように笑ってから、すぐに表情を打ち消した。

「信じてもらえないかもしれませんが……この家に引っ越してから、未来の様子がおかしいんです」

来た、と身構えた。

「と、仰《おつしや》ると？」

戸山は俯きがちにぽつぽつと呟き始める。

「最初はここの公園で友だちができたと言い出しました。ですが、話をよく聞くと、そんな子はマンションのどこにもいないんです。病気がちで幼稚園にもあまり行けないので、空想の友だちを作ったのかと思っていましたが……」

妻が言葉を引き継いだ。

「未来がお友だちの話をしてくれるんですけど、それも変なんです。どこにもない建物に探検しに行ったと言ったり、夫の出勤前に今日は『出かけちゃ駄目だ』って友だちに言われたと引き留めたり」

「出かけちゃ駄目、ですか」

「はい。夫は危うく遅刻しかけたんですが、その日、東京で立てこもり事件が起こったんです。夫の会社の近くでした」

「未来に起こることを予知したということですか？」

「他に何度も、そういったことがありました」

俺は息を呑んだ。赤家にはああ言われたが、心のどこかでせいぜい異音が聞こえたり、幽霊を見かけたりする程度の案件だと思っていた。ここまで不可解だとは思わなかった。

言葉を失う俺に、戸山の妻が苦笑を浮かべる。

「偶然だとは思いますが、子どもが失踪したって噂も聞きますし、何か良くないひとが出入りしてるんじゃないかと……」

「心当たりはありますか？」

夫婦は一瞬黙り込み、視線を交わした。

「最近、ここの住民じゃない男のひとが出入りしているみたいなんです。公園に立って、じっとマンションを見上げていたとか」

ふたりの肩越しに見える窓の外に、朧《おぼろ》げな影が過ぎったような気がした。

住民に聞き込みを終えてマンションを出る頃には夕暮れになっていた。主な内容は、小学生以下の子どもが未来予知に近い発言をするようになったこと、該当する子どもたちは公園で新しい友だちができたと証言していたこと、子どもが失踪したという噂があるだけで具体的にどの家庭かは不明なこと。

俺の前任の市川は、毎日熱心に聞き込みをしていたが、ある日を境にまったく来なくなったらしい。そのせいか、住民は役所に不信を抱いていた。

夕日の色に染まるマンションを眺めながら溜息を吐いた。初日から暗礁に乗り上げたような気分だ。ただの公務員が太刀打ちできる案件じゃないと、弱気になりそうになる。

空の裾野は藍色に変わり、マンションの頂上に触れていた。ガラス張りの建物は夜が来ると、黒い水を満たしたように漆黒に染まるのだろう。

鞄《かばん》を肩にかけ直してマンションに背を向けたとき、何かが軋む音が聞こえた。公園に、ひとりの少女がいた。さっきまでいなかったのに。

幼稚園児だろうか。鞄を砂場に投げ出し、牛型の遊具にまたがって水色のスモックを揺らしていた。ギィギィと遊具が軋む。地面に映る牛の影が、一心不乱に駆ける巨大な獣のように見える。

背筋に走った冷たさを押し殺し、俺は少女に近づいた。

「ここのマンションの子か？」

「そう！」

少女はふたつ結びの髪を肩で跳ねさせながら、遊ぶのをやめない。

「もう暗くなるから家に帰りなさい」

「駄目だよ。お友だちと約束してるんだもん」

「友だち？」

「一緒に東京スカイツリーってところに行くの！　東京タワーより高いんだよ！」

少女が甲高く笑ったとき、公園に侵入した新たな影が、牛の遊具の影と溶け合った。

若い男が俺と少女を見下ろしていた。男にしては長い髪と、青地に白い花をあしらった派手なチャイナシャツ。富裕層のマンションには似合わない、胡乱な侵入者だった。一目で直感した。この男は父と同類だ。

男は俺を眺め、細く息を吐いた。

「お前、ここの住民じゃないね」

俺は身構え、少女と男の間に割り込む。

「役所から参りました。こちらの調査をしています。貴方はこちらの住民には見えませんが」

「他人を見た目で判断しない方がいいよ」

見た目の印象より冷たい声が鼓膜を揺さぶる。少女が遊具から飛び降り、嬉しそうに言った。

「遅いよ。ママに叱られちゃうじゃん」

戸惑う俺を余所《よそ》に、男がうんざりした表情で少女を見る。

「少し遅れただけだろう。これだからガキは嫌なんだ。しょうがない。じゃあ、行こうか」

少女が男に駆け寄った。俺は咄嗟《とっさ》に男の手首を掴《つか》む。骨が浮いた、痩せた腕だった。

「失礼ですが、この子とはどういった関係ですか。この子のご家族は知っているんですか」

男は鬱陶しげに俺を睥睨《へいげい》したかと思うと、急に目を見開いた。亡霊を見たように瞳孔が震えていた。

「お前、どこかで……」

男は俺の手を振り払い、一歩後退《あとずさ》る。背面が公園を囲う木々に突っ込み、枝葉が肩や腕を引っ掻いても、俺を見つめ続けていた。男が唇を震わせる。

「守屋さん……？」

男は幽霊を見たような表情で、俺の名前を呼んだ。

「……お前、誰だ」

俺が詰め寄ると、男は蒼白な顔で更に後退した。その瞬間、木々が男を飲み込んだ。青地のシャツが深緑の枝葉に溶けて混じり合う。男は忽然と姿を消していた。俺は状況が飲み込めず、その場に立ち尽くしていた。少女が俺を一瞥《いちべつ》してマンションの中へ走り去る。寒風が木々をざわつかせ、周囲の音が消えた。


俺は住宅街を駆け回って男を探したが、姿はなかった。男は目の前で煙のように消えた。これも、ヤシキガミ団地で起こりうることなのか。

俺はスマートフォンを耳に押し当て、赤家に電話をかける。三コールで赤家が応えた。

「守屋です。今大丈夫ですか？」

「有事のようですね。そんなときに上司の都合は心配しなくて大丈夫ですよ。社会人としては満点ですが」

「真面目な話です。件のマンションで、ひとが消えました」

状況を告げると、赤家はしばしの沈黙の後言った。

「彼はジメンシかもしれませんね」

「ジメンシ……？」

「我々と彼らの関係は密接ですから。市川も……」

ざらついたノイズが走り、赤家の声が消えた。

「赤家さん？」

ノイズが激しくなり、キュルキュルと張りのあるテープを巻き取るような音に変わった。

一拍置いて、掠れた歌声が流れ出す。曲名は知らない、母が昔よく聞いていた音楽だった。父と出会った頃の思い出の歌だと言っていた。

「赤家さん、聞こえますか？　今、音楽をかけているのは……」

通話が途切れた。通行人の話し声やドラッグストアの店頭で流れる流行りの歌が押し寄せる。先程の音が記憶の中で線を結んだ。あれは、古いカセットテープを鉛筆で巻き直す音だ。

翌朝、赤家からのメールが届いていた。ほとんどが文字化けし、添付ファイルも有効期限切れで開けなかった。役所に戻って本人に直接確かめたいが、できない。

ヤシキガミ団地調査班は役所内の組織と思えないほど特殊だった。構成員は現在、俺と赤家と行方不明の市川のみ。

ヤシキガミ団地の調査にあたった役人は、緊急事態でない限り、案件が終わるまで役所には戻らず調査を続けなければいけないらしい。つまり、調査が終わるまでは職場に出勤することができないということだ。もしや、市川という俺の前任者はそれを律儀に守っているのだろうか。

赤家曰く、本拠地に穢《けが》れや怪異を持ち込まれると、対処できる人間がいなくなるからだとか。一見馬鹿馬鹿しい迷信のようだが、その裏の真意は想像できた。昨日の男のような謎の存在に後をつけられていた場合、調査班に累《るい》が及ぶのを避けたいのだろう。

赤家は、あの男をジメンシだと言っていた。地面師、土地の所有者を騙《かた》り、架空の不動産を売りつける詐欺師だ。件のマンションで噂される、実体のない児童失踪事件も、彼らのような犯罪者が住民を立ち退かせるために流したのかもしれない。

赤家に相談できないまま今日の調査に赴くのは不安だが、行くしかない。今辞表を出してしまえば家に逃げ帰ることができる俺と違って、あのマンションに住んでいる人々にとってはあそこが棲家《すみか》だ。俺が対応しなければ、安心して暮らせない。

一日経っても、高層マンションは怪奇現象の温床とは思えないほど明るく清廉だった。父の雑誌の切り抜きにあった幽霊屋敷といえば、入り口にゴミが溢れた腐りかけの平家《ひらや》か、どことなく閉塞感のある日陰に建てられたアパートが定石だった。これほど翳《かげ》りのない物件で何かが起こるのは見たことがない。

一歩踏み出し、敷地の中に入ると、子どもたちの笑い声が聞こえた。公園に未就学児が集っている。輪の中心にいるのは、眼鏡をかけた温厚そうな中年だった。彼は子どもたちと一緒に牛乳パックの切り抜きとストローで古めかしい玩具を作り、遊び方を教えているらしい。竹とんぼだ。子どもたちが風下に向けてサインペンで着色した紙の竹とんぼを放つ。空に花が咲いたように見えた。

季節外れな半袖姿の少年が、中央の男に飛びつく。

「市川さん、おれにも作ってよ！」

「市川……？」

ここで失踪した、俺の前任の名だ。男が顔を上げ、俺を見て気まずそうな苦笑を浮かべた。

子どもたちを広場に遊びに行かせると、市川は俺と並んでベンチに座った。

柔らかい日差しが薄黄色のカーテンのように垂れ込める。市川は自動販売機で買った缶コーヒー二本のうち一本を俺に差し出して言った。見たことのないラベルだった。

「守屋くん、君が私の後任なんだね。赤家さんには申し訳ないことをした……」

市川は仕事を投げ出して子どもと遊びに興じる無責任な人間には見えなかった。それだけに、状況をわかっていないように茫洋《ぼうよう》とした笑みを浮かべる横顔が不気味に映った。

「市川さん、何をしていたんですか？」

「子どもたちに竹とんぼの作り方を教えていたんだよ。今の子は昔の遊びに触れる機会は少ないからね。ビデオゲームだけじゃなく外で創作的なことをするのも大事だ」

「そうじゃなくて、何故連絡もせずに姿を消していたんです？　今までどこにいたんですか！」

思わず声を荒らげた俺を、市川は呆然と見上げた。しまったと口を押さえたが、彼は怒ることもなく小皺の寄った目を微かに細めただけだった。

「ここにいたんだ」

変わらず穏やかな声に背筋が寒くなる。

「ずっと、ですか」

市川は俺と向かい合っているのに、ガラス越しに遠くを眺めているような目をしていた。

「いや、毎日勿論家に帰っているよ。自分の本当の家だ。でも、何故かな。職場に向かおうと思っても気づいたらここに来ているんだ。帰巣本能のように」

「帰巣本能、ですか……」

俺は市川の姿を眺める。髭《ひげ》も剃り、髪もシャツも昨日洗ったように清潔だ。ずっと放浪を続けていた訳でないことは明白だった。誰かに連れ去られた訳でも、閉じ込められた訳でもなく、自らの意思で消息を絶っていた。問題はこちらの方が根深いような気がした。心因的な問題だろうか。怪奇現象を引き起こす家と関わり続けていたらそうなるのも頷ける。

市川は俺の考えを見透かしたように眉根を下げた。

「君は若いのに、私よりもしっかりしていそうだね」

「いえ……、急にどうしたんですか」

「守屋くん、この仕事をこなしていくなら、しっかりしていない方がいい」

そう言ってから、市川は取りなすように手を振った。

「いい加減にやれと言っている訳じゃないよ。ただ、ヤシキガミ団地は常識が通用しない空間だ。今までの価値観では対抗できない。どんなにおかしなことだろうと、頭ごなしに否定せず、一度は受け入れて相手の文脈に則《のっと》って考えてみることだ」

市川は子どもを宥めるように優しい声で言う。このひとが普通の部署で俺の上司でいてくれたら、と思った。俺は余計な考えを頭から振り払った。

「市川さんは、今の状況を受け入れたんですか」

「受け入れたというより、取り込まれてしまったのかな。もう何が異常だったか思い出せないんだ。それでもいいと思っている自分がいる」

独り言のように呟く横顔が、最後に会った父と重なった。遠くから市川を呼ぶ子どもたちの無邪気な声が聞こえた。彼は応えてから腰を浮かせる。引き止めなければと思っているのに、身体が動かなかった。俺と同じ立場の人間がヤシキガミ団地に取り込まれたのを見て、改めて怖気づいたのか。市川の姿が見えなくなってから俺は自分の膝を殴り付ける。握ったコーヒー缶の温もりが徐々に消え、手の中で死体のように冷たくなった。


異変の元凶がわかれば、市川も正気に戻るはずだ。自分に言い聞かせ、昨日と同様に戸山の部屋を訪れる。

夫婦は心なしか明るい顔で迎え入れてくれた。大きな窓からふんだんに光を取り込むリビングは、少しも闇を感じさせない。明るさで目が眩み、視界に古いビデオテープの映像のような光の波が走った。

戸山夫妻の娘の未来は、今日も姿がなかった。

俺は躊躇《ためら》いつつ、昨日の夕方公園で見た男の話を切り出す。突然姿を消したことは言わず、住人の少女に声をかけていたことだけを伝えた。和やかな雰囲気だった夫婦は、徐々に顔色を失った。

「やっぱり、部外者が侵入しているんですね……」

部外者、と呟く戸山の声に僅かな棘《とげ》を感じた。

「彼の素性に関してご存知のことはありませんか。このマンションでの子どもの失踪事件にも関わりがあるかもしれません」

「わかりません。誰も直接話したことがないんです。子どもにばかり接触しているようです」

「私の上司の話では、彼は地面師かもしれないとのことでした。このマンションや土地の権利を狙う者に心当たりは……」

「心当たりがあったら、とっくに何とかしていますよ！」

戸山は途端に立ち上がり、テーブルを叩いた。ガラスのティーカップが音を立てて揺れ、透明な雫が飛ぶ。レモングラスの香りが鼻をついた。

俺が呆然としていると、戸山の妻が夫の袖を引いた。

「貴方、ちょっと……」

戸山は我に返り、ひどく申し訳なさそうな顔で再び腰を下ろした。

「取り乱して申し訳ありませんでした。未来のこともあって、少々過敏になっていて……」

「胸中お察しします。自分は独身ですが、お子さんを育てる家に不穏な影があると、お気持ちが休まらないでしょう」

「はい……本当に病気がちな子で、昔は小学校にあがるまで生きられないかもしれないと言われたんです。やっと落ち着いて、ここで新たな暮らしを始められると思ったのに……」

同時に肩を落とすふたりを見て、良い夫婦らしいと思った。戸山は溢れたハーブティーを布巾で拭う。

「お気遣いありがとうございます。昨日は少し警戒して不躾《ぶしつけ》な態度を取ってしまい、すみません」

「とんでもない。役人の調査が入るとなれば身構えて当然です」

「子どもの失踪事件に関して、痛くない腹を探られるんじゃないかと思いまして」

戸山の妻は、まだ震えている夫の手に自分の手を重ねた。

「そんなに警戒することないでしょう。同じ役所の市川さんだっていいひとなんだから」

「そうだな。今じゃもう住人のように皆と接してくれるし、守屋さんだってきっと……」

ここに取り込まれた市川のことを思うと、素直に頷けなかった。俺は曖昧に受け流して話題を変える。

「そういえば、未来ちゃんのことはどうですか。この先に起こることを予知したような言動があったとか」

「最近は落ち着いています。もうすぐ誕生日なのでプレゼントに欲しいものを決めるのに夢中みたいです。ああ、そういえば、玩具のカタログを見ているときにまた変なことを言っていたかな」

戸山は首を捻《ひね》った。

「たまご型のデジタルゲームが欲しいって言うんですよ。モンスターみたいなものを飼う育成ゲームだって言うんですが」

俺が生まれた直後に流行したゲームだ。最近復刻版が発売されて、当時親しんだ大人たちに人気らしいが、六歳の子が欲しがるのは珍しいと思った。

「守屋さんはそのゲームをご存知ですか？」

「ええ、遊んだことはありませんが……」

俺が言葉を続けようとした時、どこからか警報のような音が鳴り響いた。マンション中を揺らすような大音響だった。低く唸るような音階が部屋に満ちる。警報ではない、もっと生々しい、生き物が喉を鳴らしている音。俺を咎《とが》めるように響き続ける音は、牛の鳴き声のようだと思った。

戸山夫妻は不安げに俺を見つめていた。

「どうかしましたか？」

俺にしか聞こえていないのか。これも異変のひとつなのだろうか。

「急用ができまして、失礼します」

俺は詫びもそこそこに鞄と上着を掴んで戸山の部屋を飛び出した。

ドライフラワーのリースがかかった扉を押し、廊下に出た瞬間、篭もった熱気と獣臭を感じた。

まるで牛舎に迷い込んだようだ。大きな牛の波打つ腹から立ち昇る湯気と、荒い呼吸まで目に浮かんだ。俺は手で口元を押さえる。牧場が近くにある訳もなく、ここに大きな生き物を飼える場所もない。だが、汗と獣のにおいの白い霞《かすみ》は、確かに滞留している。

廊下は仄暗く、緑色の闇が川のように蕩々《とうとう》と広がっていた。非常灯の赤だけが眩しい。昨日ここを訪れた時刻は今よりも遅かったが、これほど暗くはなかったはずだ。

俺は警戒しつつ、一歩踏み出す。耳元でぶるる、と奇妙な鳴き声が聞こえた。顔の真横で牛が鳴いたような音だった。息の熱気で鼓膜が温かく湿る。

咄嗟に振り返った瞬間、自分の目を疑った。廊下には鉄の扉が等間隔で並んでいるはずだ。それが今では扉がひとつもない。代わりに錆《さ》びついた檻《おり》が隙間なく並び、両端を埋め尽くしている。巨大な獣を閉じ込めておくような檻だ。獣臭と熱気は眩暈《めまい》がするほど強くなっていた。鉄柵の中で黒い塊がのったりとした動きで蠢《うごめ》いている。また、牛の鳴き声が聞こえた。

気づいたときには、俺は無我夢中で廊下を走り抜け、非常階段を駆け下りていた。闇の中で低い鳴き声が反響し、俺の足音に重なる。背中を伝う汗が肌にシャツを貼り付けて不快だった。

一階のエントランスに通じる防火扉に手をかけてから逡巡した。この先にもっと不可解な空間が待ち受けていたら。俺を急き立てるように牛の声が響く。俺は震える手で防火扉を押した。

開けた視界に映ったのは、拍子抜けするほど清潔で明るいエントランスだった。オートロックのガラス扉の向こうに広がる公園まで見える。来たときと何も変わらない光景だ。先程のあれは幻覚だったのか。それにしてはあまりにリアルで、未だに身体に熱気が纏わりついているようだった。

肺に溜まった獣のにおいを冷気で押し出そうと深呼吸していると、作業服姿の中年の男が現れた。箒《ほうき》とちりとりを両手に提げている。管理人だろう。

俺が冷や汗を拭って会釈すると、彼は人懐こい笑みを浮かべて歩み寄ってきた。

「どうも。昨日も来てましたね？」

「役所から調査で参りました。お騒がせしています」

「調査？　ああ、最近子どもたちがおかしいって話ですか。そんなことまで調べなきゃいけないなんて大変だね」

あっけらかんとした言葉にようやくひと心地ついた。

「こちらのマンションや住人について何か変わったことはありますか？」

「何も浮かびませんね。よく挨拶する奥さんが『孫が変なことを言い出した』って話してたくらいかな」

「というと？」

「その奥さん、習い事に通うためによく地下鉄に乗るんですけどね。孫から使わない方がいいと止められたらしいんですよ。危ないからとか何とか」

戸山の娘とよく似た事例だ。このマンションには子どもに未来を予言させる何かが働いているのだろうか。自然と眉間に皺が寄る。管理人は俺の機嫌を損ねたと思ったのか、慌てて手を振った。

「ただの与太話ですよ。奥さんも『危険じゃなくても、最近はシルバーシートに若者がどっかり座ってるから地下鉄に乗りたくない』なんて笑ってたくらいですし」

「いえ、貴重なお話でした。他のご家庭でも、お子さんが未来を予言するようなことを言い出したと伺っています。この土地には何かそういった言い伝えなどがあるんでしょうか」

「いえ、まったく。そんな力があるなら菊花賞《きっか》の結果を当ててほしいですね。私はナリタブライアンに賭けるつもりですがそれでいいものか」

管理人は快活に笑って去った。


マンションを出た頃には、役所の終業時間を回ってしまっていた。赤家と直接会って話したかったが叶わなかった。新規のメッセージが一件届いていたが、またも文字化けでほとんど判読できなかった。通話を試みても、昨日のように不可解なことが起きたらと思うと、ボタンを押す手が止まった。

俺の部屋は昨日から洗濯物が溜まり、掃除機もかけていない。父が消えてから自分の身の回りだけは整えるようにしていたというのに。家は真っ当な暮らしの象徴だった。それが今、揺らぎかけている。


市川の言葉が脳裏を過ぎった。

ヤシキガミ団地は常識が通用しない空間だ。今までの価値観では対抗できない。どんなにおかしなことだろうと、頭ごなしに否定せず、一度は受け入れて相手の文脈に則って考えてみることだ。

今までの観念では、怪奇現象に対抗できない。俺は襖《ふすま》が半分開いた押し入れを見遣る。公務員試験の問題集や大学の教科書が詰まった段ボール箱の奥に、封印していたものがある。見ないようにしていたが、捨てられもしなかった。父が記事を寄稿した雑誌の切り抜きだった。

俺は段ボール箱の山を押し退け、最奥の箱を開いた。透明なカバーがセピア色に褪せたファイルが大量に詰まっていた。一冊取り出し、溶けた飴のように粘着したファイルをひとつずつ捲《めく》る。日本各地の人魚伝説、幽霊が出る自殺の名所、アメリカで発見された宇宙人のミイラ。安い紙に印刷された文字列が告げるのはどれも胡乱な話題だ。父はオカルト雑誌のライターだった。少しでも長く父と一緒にいたくて、引き留めようと仕事の話をせがむと、山奥の心霊スポットや世界終末論など、夏のホラー特番で流れるような話題を訥々《とつとつ》と語った。宇宙とピラミッドを描いた奇妙な表紙の雑誌を見せてくれたこともある。こんなものを好んで読む大人もいるのかと不思議に思ったのを覚えている。

こんなものだけが、煙のように消えた父が実在していた証だ。

ほとんどは母と俺が雑誌から切り抜いて作ったピンナップだったが、一冊だけ父が俺のために作ってくれたものがあった。糊《のり》で貼り付けられた大量の記事で二倍の厚みに膨れた罫線入りノートだ。平日の午前六時に、まだ小学生の俺にも読みやすい記事を書いたからと、徹夜明けで目の下にクマを作った父が持ってきたものだった。内容は妖怪特集だった。普段なら学級文庫にあっても手に取らない類の話だが、そのときは父が持参した朝食代わりのヨーグルトを食べながら、登校前に読み尽くした。

俺は乾涸《ひから》びたページを捲る。あのマンションで聞いた鳴き声、畜舎じみた幻覚、謎の男が少女を連れ去ろうとした公園の牛の遊具。そして、未来予知。記憶の奥底に封印していた記事の挿絵と全てが繋がった。

「件……」

日本各地で伝承が残る妖怪だ。牛の腹から産まれ、不吉な予言を残して三日で死ぬ、人面の仔牛。あのマンションで起こっていることと重なる。妖怪の仕業として片付けるなど、普段の自分では有り得ないことだが、常識では理解できないものを目の当たりにした後では妙に合点がいった。古びた記事の中の魔物が俺を見上げている。

俺はノートを閉じ、眉間を擦《こす》った。問題なのは、これをどう解決すべきかということだ。

マンションで子どもたちに未来を予言させる超常的な力が働いていたとして、どうすれば収まるのか。

公園で姿を消した、髪の長い怪しげな男の姿が浮かぶ。あの男は予知能力を持つ子どもたちを利用しようと付け狙っているのではないか。奴が元凶だとは思えないが、事態を悪化させる恐れは充分にある。

細かい字を見つめ続けたせいか、目の奥が痛んだ。この事案は、俺に太刀打ちできるだろうか。ピンナップから記事を見つけ出せても、父が力を貸してくれたと楽観的に解釈することはできなかった。超常的なものに誰よりも親しんできた父は、何も言わずに消えたのだから。

父の顔を思い出そうとして、何故か公園の男の顔が浮かんだ。俺の名前を呼んだときの表情は、単純に犯罪行為を暴かれただけの悪人のそれには思えなかった。


今日こそ改めて電話で赤家に話を聞こうと思っていたのに、気がつくとまたマンションの前にいた。

公園のベンチで相変わらず眩しいガラスに映り込む木々の緑を眺めていると、背後から穏和な声が聞こえた。

「守屋くん、君ももう来ていたのか」

振り返った先に、市川が立っていた。俺は会釈を返す。市川のネクタイは昨日のものと違い、靴先には子どもたちと走り回った泥もついていない。やはり、家に帰ってはいるのだろう。規則正しく生活しながら、毎朝出勤するようにここを訪れ、本来の職場には顔も出さない。やはり異様だと思いつつ、職場に連絡も入れずにいることなら、昨日からの俺の行動も同じだと気づいた。

市川は昨日と同様にベンチに腰を下ろす。

「君もわかっただろう。何故かここには引き寄せられる磁場があるんだよ。自分の家に帰るより、ここにいる方が落ち着くんだ」

「俺は仕事で来ているだけです」

「そうかい？　じゃあ、やはり違うのかな」

市川は澄み渡る青空を見上げ、ふと笑みを溢した。

「昔、私はここに住んでいたんだ」

「このマンションに、ですか？」

「いいや、そんなに金持ちじゃないさ。寧《むし》ろ貧しかった。二十年以上前、ここは生活に困窮した人々のための団地だったんだよ。私は母とふたりで暮らしていた」

「今の高級マンションからは想像できませんね」

「老朽化で取り壊しが決まって、立ち退くことになったんだ。それから都市開発が始まって、今は見る影もない」

俺は面食らう。この土地にそんな歴史があったことも、市川が縁深い人物だったことも知らなかった。彼は鏡面のようなガラスに過去を幻視するように目を細める。

「十歳のときに父が蒸発して、団地を引っ越したのは十二歳のときだったかな。私は初めて母に『移りたくない』と我儘《わがまま》を言ったよ。いつか父が戻ってきたとき、団地がなくなってい たら、もう永遠に会う術がないいんじゃないかと思った」

市川も俺と似た経験をしていたのか。過去の記憶と感情が押し寄せそうになるのを堪《こら》え、俺は短く言った。

「だとしたら、急に連絡も取れずに置いていかれる者の不安は充分わかっているはずだと思います」

市川は目を丸くした。

「赤家さんに何故一報も入れないんですか。心配していましたよ」

「守屋くん、そう言う君はどうかな?」

俺は虚を衝かれて黙り込んだ。市川の目は穏やかなままで、怒りも悪意も感じない。

「私がいたことを赤家さんに報告したかい。私を引っ張って役所まで連れて行くこともできたのに」

「俺は……」

市川は自分のシャツの胸ポケットをまさぐった。何を出す気だ。煙草のライターを探すような動作をしながら喋り続ける。

「守屋くんの言うこともわかる。急に大事なひとや思い出の場所がなくなるのは辛い。でも、ここにいればそんな思いはしなくて済む。ここが安住の地になれば皆、平穏に過ごせるんだよ」

市川はやっと探り当てたものをポケットから摘《つま》み出した。俺が初日に赤家から渡されたものと同じ、区役所の職員証だった。市川の親指が差すものを見て怖気《おぞけ》が走った。職員証の市川の写真はひどく画質が劣化していた。彼を映した監視カメラの映像と同じだ。赤と黄色と青の縦線が入り、白く掠《かす》れた、古びたビデオテープの画像のような写真。市川の顔は爛《ただ》れ果てているように見えた。

俺は無意識に後退り、写真の中の市川の視線から逃れるために、ちょうど自動ドアが開いたマンションへと駆け込んでいた。

外界を隔絶するように自動ドアが閉まり、俺は乱れた息を整える。妖怪の件と未来予知では説明しきれないことがふたつあった。失踪事件と、消えた人物に関わる記録の劣化だ。市川の身に起こっていることは何だというのか。

上着のポケットに入れた財布が、痛む鳩尾《みぞおち》を突いた。職員証はカードケースに入っている。今取り出してみれば、俺の写真も劣化しているのだろうか。財布に伸ばす手が震える。指先が合成革の表面に触れたとき、エレベーターの扉が明るい音を立てて開いた。

現れたのは戸山夫妻だった。俺は冷や汗を拭い、平静を装う。

「おはようございます。おふたりで外出ですか」

そう言ってから、ふたりの表情が切迫詰まっていることに気づいた。忙しなく辺りを見回す夫に代わって、妻が挨拶もそこそこに俺に歩み寄る。

「守屋さん、娘の未来がいないんです」

「何ですって？」

「昨夜から具合が悪かったから、一時間目の授業はお休みして遅れて登校するはずだったんです。エレベーターに乗るところまで見届けて、部屋に戻ってから窓の外を見ていたんですけど、一向に出てこなくって……どうしましょう」

俺は先程までの恐怖も忘れ、戸山の妻の肩を揺すった。

「落ち着いてください。自分も一緒に探します。おふたりは管理人への連絡と、学校に問い合わせを」

夫婦は青い顔で頷き、非常階段の方へと向かう。

運悪く管理人室には不在の看板がかかっていた。このマンション全体を探すには時間がかかりそうだ。もしも、あの男が戸山の娘の誘拐を目論《もくろ》んでいるのなら、公園にいるかもしれない。再び市川と鉢合わせることを思うと気が引けたが、行くしかない。

自動ドアの前に立った瞬間、ガラスに映る俺の虚像を塗り潰すように、目の前に男が立っていた。

長い黒髪を肩に垂らし、黒と白のストライプの派手なシャツを着ている。前は持っていなかった黒いナップザックのようなものを肩からだらりと提げていた。小さな黒子《ほくろ》や青い静脈が頬に透ける、どこか病的な雰囲気。あの男だった。

男の黒い双眸と視線が重なった。逃げると思っていたが、男はガラス越しでもわかるほど大きな溜息を吐き、爪の先でドアを叩いた。オートロックを開けろと言うように。

俺が自動ドアが開かないよう距離を取って立ち尽くしていると、男は不意に踵を返した。

諦めたのかと思う間もなく、男が戻ってくる。手には公園の花壇を形作っていた煉瓦《れんが》の破片を握り締めていた。男は躊躇なくガラスに向かって煉瓦を振りかぶる。

俺は咄嗟にオートロックの解除ボタンを押した。男の腕が宙を切る。

「何考えてんだ！」

俺は男の手首を掴んだ。煉瓦が足元に落ちる。

「このマンションで何をしてる。また子どもに何かしたのか？」

男は俺の顔をまじまじと眺め、呆れたように息を吐いた。

「頭の動きが鈍いな。じゃあ、他人の空似か」

「何の話だ」

「話を聞きたい奴の態度じゃないだろ」

男は手首を捻って弱い抵抗を示す。俺は血管の浮いた細い手首を握る指に力を込めた。

「逃げる気か」

「逆だよ。逃げろと言いに来たんだ」

「何？」

俺の問いを、獣の咆哮が掻き消した。空気が震動し、エントランスの共同ポストやエレベーターの扉が微かに揺れ動く。男は舌打ちをした。

「もう遅いか。お前がぐだぐだしてるから……始まった」

問い返すより早く、周囲が仄暗く翳り、獣じみたにおいの熱気が周囲に立ち込めた。


「始まったって……」

俺は言葉を区切る。

ガスが漏れるような音を立てて、足元から脂っこい霞が這い上がってきた。非常階段からカツカツと靴音が聞こえる。ハイヒールよりも硬く、面積の広い踵《かかと》で一段ずつ踏み締めているような音だ。戸山の妻だろうか。

ばん、と一際大きな音が聞こえ、防火扉がぶつかり合って振動する激音が響き渡った。転んだとしても、女の身体の重量で出る音じゃない。蹄《ひづめ》を持った巨大な獣、ちょうど牛が体当たりしたような音だ。

非常階段へと繋がる扉のノブが傾いた。来るな、と無意識に念じる。祈りに反してドアは呆気なく開いた。

現れたのは、牛でも、戸山でもない。まるで光を人型に切り取ったような白い塊だった。自分の五感が信じられない。人型のそれはギクシャクした動きでエントランスを見回し、屈伸するように上下に揺れ動いた。ビデオの映像がある一点で乱れ、被写体の動きを何度も繰り返すせいで、普通の動作がひどく歪で冒涜《ぼうとく》的なものに変わるような、そんな光景だった。

光の塊が身体を翻す。両目の部分にある空洞がこちらを見ているのだとわかった。


「何なんだあれは……」

「非常階段から出てきたんだ。住民だろ」

男は俺に手首を掴まれたまま、嘲笑交じりに返す。

「離す気がないならこのままでいいや。来い、逃げるよ」

「逃げるって……」

「ひとまず退避だ」

男は手首を捻り、俺を連れて走り出した。白い人型がカクカクとした動作で徐々にこちらに向かってくる。エントランスにこだまする牛の鳴き声が次第に大きくなっていった。

俺は男の手を離し、再び自動ドアのロック解除ボタンを押す。ガラス戸はピッタリと閉じたまま動かない。体当たりしても微動だにせず、肩に硬質な痛みが走っただけだった。

「嘘だろ……」

光に包まれた人型がエントランスを彷徨い続けている。管理人室の前で男が声を上げた。

「ここからは出られない。早く来い」

牛舎のにおいは更に濃密になり、えずきそうになるほどだった。あの男は信用できないが、ここにいるよりはマシだ。

俺は意を決してエントランスを突っ切り、男が扉を開けて待つ、管理人室へと駆け込んだ。


薄い鉄の扉が閉じられる。牛の鳴き声は消えたが、流れ込んだ熱気と臭気は未だにまとわりついていた。俺は息を吐き、床に崩れ落ちる。

「一体何が起こってるんだ……」

男は後手に鍵を閉め、壁にもたれかかって言った。

「決まってるだろ、怪奇現象だよ。ヤシキガミ団地なんだから」

「お前、知ってるのか？」

「知ってるよ。お前が調査員だってことも予想がついてた。ただの公務員が毎日意味もなく来るはずないからさ」

お前は何者だ、と問う前に、男は顎で俺を指した。

「お前、名前は？」

「……守屋亨」

「やっぱり守屋か。他人の空似じゃなかったのかよ」

男は虫でも見つけたかのように顔を歪めて呻《うめ》く。初めて会ったときの表情が蘇った。

俺は心音が騒がしい胸を押さえ、男と向き合った。

「お前は何者なんだ。ここで何をしていた。知ってることがあるなら教えてくれ」

男は俺を見下ろし、僅かに目を細めた。このマンションに跡形もなくなった故郷を幻視していた市川の瞳に似ていた。

「俺は納戸《なんど》、ジメンシだよ。赤家から聞いてないか」

「赤家さんと知り合いなのか。不動産詐欺師が何故……」

「詐欺師じゃない。字が違うんだ。地を免罪する師と書いて〝地免師〟。俺はヤシキガミ団地を鎮めるためにいるんだ」

「ヤシキガミ団地を、鎮める？」

納戸と名乗った男は指を立てる。

「そもそも屋敷神とは何か知ってるか。氏神《うじがみ》、内神《うちがみ》、地神《じがみ》、荒神《あらがみ》、祝神《いわいがみ》とも呼ばれるけれど」

「家の守り神だということくらいしか……」

「同じ守屋なのに知識が浅いんだな」

納戸は舌打ちし、俺に反論の隙を与えず続けた。

「大学のレポートなら単位を落とすくらいの雑な理解だけど、大まかにはそれでいい。古来人々が神を祀《まつ》る場所を設けるようになってから、各村落で一族の守り神として祀られるようになったのがヤシキガミだ」

「土地というより共同体の守り神だったのか」

「今の指摘はまあまあよかった。でも、ムラ社会が崩壊し、本家や分家の血筋を重視しなくなって、ヤシキガミは各世帯がそれぞれ祀るものに分かれた」

「それが今の状況とどう関係する？」

「やっぱり鈍いな。じゃあ、お前の住んでた家でヤシキガミを祀った記憶はあるか？」

俺は首を横に振る。

「そう。時代が移り変わり、人々は家を作ってもヤシキガミを祀らなくなった。神々は忘れられ、本来のあり方を忘れて、人智を超えた力を暴走させるようになった。その集大成として発生したのが、ヤシキガミ団地だよ」

俺の喉から息が漏れた。妖怪でも正体不明の怪奇現象でもなく、こんな事態を神が引き起こしているというのか。納戸は俺の考えを見透かしたように肩を竦《すく》めた。

「信じられないと思ってるか？　こんな目に遭ってもまだ？」

「信じられないとは言ってない。理解が追いつかないだけだ……それじゃあ、お前は暴走した神を鎮めるためにここに来ていたのか」

「そうだよ。ここがおかしいのはわかっていたけど、実態が掴めなかった。唯一確かなのは、住民の中でも大人は取り返しがつかないことになっていて、子どもはまだマシだってこと」

「だから、子どもに話しかけて保護しようとしていたのか」

「お前に邪魔されなければね」

「あの状況じゃ、誰だって誘拐犯だと思うだろ」

俺は目を背け、呟いた。

「件じゃなかったのか……」

「何だって？」

納戸が耳聡く聞きつける。俺は仕方なく昨夜考察したこのマンションと妖怪の件の関わりについて話した。てっきり鼻で嗤《わら》われるかと思ったが、納戸はひどく寂しげに目を伏せただけだった。

「荒唐無稽だね」

「うるさい。常識で太刀打ちできないなら一度考えを改めようと思っただけだ」

「馬鹿にしてないよ。褒めつつ揶揄《からか》ってるだけだ。まったく、論理の飛躍は親子そっくりだ」

「……俺の父を知ってるのか？」

納戸は答えずにかぶりを振り、俺を見据えた。


「そんなことより聞きたいことがある。俺の知らなかった情報が出た。未来予知だって？」

「子どもたちと会話したのに知らなかったのか？」

「ああ、知らない。今まで五人のガキと話したけどそんな話は聞かなかった」

納戸は俺に詰め寄る。

「俺はこのマンションに入れなかった。お前が実地調査で得た情報が切り札になる。何でもいいから思い出したことを言ってみろよ」

「そう言われたって……」

俺は管理人室を見渡した。

白く無機質な狭い空間に鉄の机とパイプ椅子が設置されていた。机上には電気ケトルと菓子盆とマンションの見取り図と見られる資料、そして、競馬新聞が積み上げられている。洗練された現代の高級マンションの中でここだけは旧時代的だ。

ふと、昨日の管理人との会話が蘇った。

「納戸、関係ないかもしれないが聞きたいことがある」

「敬語を使わなきゃ教えない」

俺は舌打ちしたくなるのを堪えて息を吸った。

「……納戸さん、シルバーシートって聞いたことがありますか」

「優先席の昔の呼び名だよ。確か一九九七年に名称が変更されてる」

「昨日、ここの管理人がそう言っていたんです」

「まだ老人はそう呼ぶかもしれないね」

そう言ってしまえばそれだけだが、やけに引っかかった。俺は戸山との会話を探る。娘の未来が予知したことに関して不自然なことはなかったか。

「ここの住民の女の子が今年東京で起きた立てこもり事件を予言したそうです。他の子はもうすぐ地下鉄で事件が起こると」

「立てこもり事件なら今年の一月に台東区で起こったな。地下鉄の方は知らない。これから起こるのかも」

何か重大なことを見落としている気がする。もっと不自然な会話があったはずだ。年号が変わった年に生まれた娘、病弱で小学生になるまで生きられないかもしれないと言われたこと、奇跡的に迎えた六歳の誕生日プレゼント。

「……納戸さん、昔流行ったたまご型のゲームは知ってますか」

「知ってるよ。俺は買ってもらえなかったけど」

「大々的に流行していましたよね。それを知らないなんてことがあるでしょうか」

「刑務所にでも入ってたなら知らないかもな」

戸山は存在すらも知らないような口ぶりだった。世代が少しずれているとはいえ、そんなことは有り得るのか。未来予知でないなら、ここで何が起こっている。

市川はここが安住の地になれば、何も失わず平穏に暮らせると言っていた。市川は既に生家と父親を失くしたというのに。

俺は管理人室の隅々を見渡す。納戸が俺の肩を叩いた。

「ひとりで考え込んでるんじゃないよ。途中経過を話せ」

「菊花賞……」

「だから、脈絡がないんだよ。競馬の話か？」

「昨日管理人が言ってたんです。ナリタブライアンという馬は人気なんですか」

納戸は怪訝そうに眉を顰《ひそ》めた。

「意外だね。賭け事なんかやらなそうなのに詳しいんだな」

「やりませんよ」

「大昔に中央競馬クラシック三冠を獲った馬だよ。確か俺が生まれた年に引退してたんじゃないか？」

「納戸さん、今何歳です？」

「二十八だけど」

胸の奥がざわついた。有り得ない考えが浮かんだ。

俺ははやる気持ちを抑えて納戸に尋ねる。

「……東京の地下鉄で起きた大事故といえば」

「クイズ大会かよ。地下鉄サリン事件だろ」

「それは何年でしたっけ」

「一九九五年だよ。あの年は歴史的大事件が多かった」

俺は管理人の資料が散乱した机に向かう。

未来予知なんかより荒唐無稽で、選択肢にすら入らなかった考えが現実味を帯びてきた。そんなはずはない。戸山の娘は令和元年に生まれた子だ。だから、有り得ないはずだ。いや、本当にそうか？　戸山はこの年号が何かは言わなかった。サモエド犬が印刷されたカレンダーに記された、六年の文字。

俺は資料の山を押し退け、競馬新聞を取り上げる。乾き切った安い紙が、呆気なく真実を伝えた。紙面の上部に日付が印刷されている。

「平成六年……」

俺はくしゃくしゃの新聞を握り締める。乾いた紙が柔らかい音を立てた。

「なるほどね。平成六年に生きている人間からしたら、現代の話は未来予知に思えるだろうな」

いつの間にか隣に並んでいた納戸が呟いた。

「ちなみに平成六年の六月にも東京の新聞社で立てこもり事件が起きてる。辻褄が合うよ」

俺は何とか言葉を絞り出す。

「そんなはずはない。戸山さんは毎日このマンションを出て会社に行ってるんだぞ。異常事態に気づかないはずがない」

「本当に？　お前は公務員として勤務時間に聞き込みをしたんだろ。平日の昼間だ。そんな時間に会社員が家にいるか？」

「戸山さんが嘘をついていると？」

「向こうには嘘をついた自覚すらないんだろ」

納戸は埃を被った机の隅を指でなぞった。

「ビデオテープの映像と同じだ。ここに囚われた住民たちは、ごく普通の人間として生きていた頃の記憶を何度も繰り返しながらここにへばりついている。もう本人が生きてるかどうか」

「何てことを……！」

思わず声を上げると、納戸は微かに目を細めた。

「怒ったならいい。落ち込んで怯えるよりずっとマシだ。俺たちはここから脱出してヤシキガミの本体を見つけなきゃいけないんだから」

「本体？」

「そう。ヤシキガミは通常家の中には祀らない。台所にお稲荷さんの祠《ほこら》を置いてる家なんか見たことがないだろ。地免師は本体を見つけて、忘れられた怒りを鎮めてもらえるよう説得しなきゃならないんだよ」

いつまでもここにいられる訳はないことはわかっている。でも、あの光の塊や姿の見えない牛たちがいる場所に戻らなければいけないのか。俺の不安を見透かしたように、納戸は言った。

「お前はここで待ってな。どうせ俺ひとりでやらなきゃいけないんだ。お前がいてもしょうがない」

「そうですかって、見送れる訳ないでしょう」

「何故？　こんなこと公務員の仕事じゃないだろ？」

俺は萎《しお》れた気持ちを奮い立たせて姿勢を正す。

「赤の他人のために自分の持てるもの全てを使うのが仕事ですから」

納戸は肺の中の空気を全て吐き出すように息をついた。

「嫌なところばっかり似てるんだな」

俺と納戸は視線を交わし、同時に管理人室の扉を開けた。

噎《む》せ返るほどの熱気と臭気が押し寄せる。エントランスの明かりは消え、光源が不明な薄黄色の光が茫洋と広がっていた。無機質な壁と床のタイルがどこまでも伸び、悪夢の中に取り残されたような気持ちになる。空洞じみたエントランスに牛の咆哮が響き渡った。


納戸が短く告げる。

「行くよ」

俺は頷き、一歩踏み出した。濡れていないはずの床を叩いた爪先が、雫を撥《は》ね上げた。俺が足を置いた一点だけ、床の材質が変化してきた。リノリウムの光沢は消え失せ、荒削りの石を固めたような灰色の床に変わっている。踵を上げると、唾液と思しき粘質の液体が糸を引いた。藁《わら》のようなものまで絡みついている。

納戸が唇の端を吊り上げた。

「嫌がらせじみてるね。俺たちがここの謎を解いたから怒ってるらしい」

「……ヤシキガミは俺たちを殺す気か？」

「敬語忘れるなよ。ヤシキガミは土地の守り神だ。殺しはしない。場を荒らす者を排除するか、もしくは、取り込むか」

市川の変わり果てた職員証が脳裏を過ぎる。彼は取り込まれたのだろう。俺は嫌な想像を振り払い、再び進み出した。

一歩進むごとに、マンションのエントランスが姿を変えていく。

左右の壁は錆びた鉄格子で覆われた檻の列に。床は資材の藁と牛の体液が滲む、汚れた黒い水溜まりに。牛の鳴き声は低く高く、俺たちを導くようにこだました。俺はなるべく周囲を見ないよう、前を行く納戸の背だけを見つめて進んだ。

熱い靄《もや》の向こうから声が響いた。牛とは違う、人間の笑い声だった。無意識に声の方を向いてしまった。斜め右の檻の中から聞こえた。

茶色い赤錆が粉を吹く鉄格子の中に、中年の女がいた。敷き詰めた藁の上に座り込んでいる。女は幽閉されているとは思えないほど髪を綺麗にまとめ、グレーのスーツを纏っていた。

俺は鉄格子を掴む。呼びかけようとした俺の口を、納戸が押さえた。俺は視線だけで抗議する。納戸はゆっくりと首を横に振り、見ろというように檻の中を顎で指した。女は虚空に向けてピアノを演奏するように指を動かしていた。双眸は藁の山を見つめている。女はふっと笑い、汚れた藁に向けて愛おしげに囁いた。

「ちょっと待っててね。ママがお仕事終わったら見てあげるから」

子どもをあやすような口ぶりだった。劣悪な環境の牛舎に、都会的なマンションの一室を幻視する。帰宅してすぐパソコンに向かい、持ち帰った仕事を片付けながら、我が子に話しかけるキャリアウーマン。かつての彼女はそうだったのだろう。今は失われた過去を繰り返すように、その行為をなぞっている。

響き続ける牛の声が遠くなり、代わりに人々の囁きが聞こえ出した。

「二段ベッドでいいんじゃないか？　妹か弟が欲しいって言ってたじゃないか」

「やっぱりこの部屋にコタツは合わないよ」

「お風呂に入ったひとは栓を抜いてって言ったでしょ」

「洗剤の買い置きってどこに置いてあるんだっけ」


ここに住んでいた人々の在りし日の会話が聞こえる。とっくのとうに演者が皆死んだ古い映画のようだ。こんな場所で住民は未だに幸せな暮らしを続けているつもりだ。悍《おぞ》ましいというより、哀しいと思った。

鉄格子に、数字が記された黄色い札が引っかかっていた。三〇二。隣の檻には三〇三。住民の部屋番号か。牛の耳につけるような識別タグだった。

檻に囚われた住民を嘲笑《あざわら》うような仕掛けに、悲しみが怒りに変わった。納戸が肩越しに言う。

「余計なこと考えるなよ」

俺は唇を噛み、前へと進んだ。檻の中の人間たちは普通と変わらない姿の者もいれば、輪郭がぼやけて周囲の光景と溶け込んだ者、エントランスで見た人影のように白い光に変わった者までいた。何度もこの時間を繰り返すうちに、擦り切れたテープのように形を失っているのだろう。

ふと、見知った声が聞こえた。札がかかっていない檻の中に市川がいた。

「市川さん！」

彼は答えなかった。俺の声など聞こえていないように、濡れた藁の上に横たわり、天井を見上げて笑っている。市川は祈るように指先を擦り合わせていた。違う、祈ってるんじゃない。子どもたちに教えていた、竹とんぼの飛ばし方だ。

鉄格子越しに市川と目が合った。顔を背ける前に、市川は懐かしげに笑う。

「じゃあさ、もっと広いところ行こうよ。河原とか公園とか」

まるで子どものような口調だった。俺は足早に檻を通り過ぎる。

そのとき、ひとつだけ明るい空間が目に入った。一箇所だけ鉄格子が取り払われている。その先にあるのは、マンションの一室ではない。もっと古めかしい畳張りの部屋だ。傷だらけの勉強机が壁と向き合うように置かれている。子どもの部屋なのだろう。どこか懐かしいと思った。

机の本棚には薄い教科書に並んで、ファイルと通常の二倍の厚みがある罫線入りノートが置かれていた。唇から言葉にならない声が漏れた。ピンナップと父が俺のために作ったノート。これは昔の俺の部屋だ。

後退った俺の背に、納戸の肩がぶつかる。

叱り飛ばされるかと思ったが、納戸はさっきまでの俺と同じように一点を凝視していた。俺の生家を模した部屋の真向かいに、真っ暗な部屋があった。剥き出しのフローリングが見えないほど、大量の本が積み上げられている。和綴じの古書から魔導書じみた分厚い本、安っぽい表紙のオカルト雑誌まで無造作に散らばっている。

学生服の少年が床に座り込んでいた。彼は俯きがちに蹲《うずくま》り、床に敷いた画用紙に何かを書き込んでいる。地図のようだ。垂れた髪の間から、少年の顔が覗いた。納戸だ。幼いが面影がある。

　彼の前にもうひとり人物が座っていた。幼い納戸が地図を指し示し、人物はしきりに頷いている。痩せた背中に見覚えがあった。納戸が地図を畳むと、向かい合う人物も顔を上げた。

「父さん……？」


　その瞬間、暗い部屋とふたりの幻影が消え失せた。納戸は見開いた目で俺を見る。

「納戸さん、今のは何だったんですか。何で貴方が俺の父親と……」

　納戸は青ざめた顔で俯いた。

「何でもない。ただの幻覚だ。行こう」

　俺は釈然としないまま納戸の後を追う。牛舎は無限に続いている。このまま進めば、また幻覚が現れるんじゃないか。次に出てきたとき、俺はあの部屋に引き込まれずに持ち堪えられるだろうか。


「納戸さん、このまま進んで大丈夫ですか」

「うるさいな。大丈夫じゃないから対策を考えてるんだろ！」

納戸の顔には明らかに焦りが浮かんでいた。焦燥が伝播し、俺の顎を冷や汗が伝い落ちる。真っ暗な牛舎の向こうから甲高い泣き声が聞こえた。また幻覚か。目を背けたくなるのを抑え込み、ひたすら足を進める。

泣き声は無視できないほど大きくなっていた。子どもの声だ。

納戸が苛立った声で告げる。

「行くなよ。ヤシキガミが仕掛けてきてるだけだ」

「でも、泣いてますよ」

「だから、何だよ」

檻の中の人々は、かつての生活を模倣し、幸せそうに笑っていた。泣いている者はいなかった。

俺は納戸の制止を振り切り、声の方に向かった。暗がりの中に、無数の檻に囲まれて泣きじゃくる少女の姿があった。嗚咽を繰り返し、息が詰まったように咳き込む。

俺は駆け寄って少女の背中を摩《さす》った。

「大丈夫か」

少女は泣き腫らした真っ赤な目で俺を見上げた。何度も小さな咳をしながら、少女は言った。

「喘息《ぜんそく》の薬なくしちゃったの。家に忘れたのかと思って、取りに帰ろうとしたら、パパもママもいなくなっちゃって……」

少女は布製のピンク色の鞄を握り締めていた。追いついた納戸が嫌そうな顔で眺めていたが、俺にはこの子が怪異とは思えなかった。

「一緒に探そう」

俺が手を差し出すと、少女は鞄を差し出した。筆箱や巾着袋、のど飴の空袋が散乱する鞄を探ると、奥からファスナー付きプラスティックバッグに包まれた吸入薬が見つかった。

「あったよ」

袋を渡そうとして、サインペンで記入された文字に目が留まった。とやまみく。

「未来ちゃん……戸山さんの子か？」

「パパとママのこと知ってるの……？」

少女は吸入薬を握り締めて言った。俺が頷くと、未来は落ち着くどころか、より激しく泣き出した。

「わたしが悪い子だったからいけないの。だから、じごくにおちちゃったんだ」

ぞっとするような言葉を吐いてしゃくりあげる。地獄に堕ちてなんかいないと言おうとして、口を噤む。獣と怪しい人影が蠢く光景は、そう思っても仕方ない。

「……何で、未来ちゃんはそんなこと思ったんだ？」

「パパとママにわがまま言っちゃったから」

「そんなことで地獄に堕ちたりなんかしないよ」

「本当？　だってね、パパとママがすごく怒ってたの。わたしが誕生日プレゼントにゲームがほしいって言ったら、『そんなゲームなんかない』って」

何と答えればいいかわからず黙り込んだ俺に、納戸が小声で囁いた。

「現代の知識を持ち込んだ者を否定して排除するのか。この異界を維持する力が働いてるんだろうね」

「泣いてる子どもの前でする話じゃないでしょう」

未来は吸入薬を吸い込み、か細い息を漏らした。

「パパとママにはもう会えないのかな。嫌われちゃったから……」

親に捨てられたと思う気持ちは痛いほどわかる。俺は少女の震える背にもう一度手のひらを置いた。

「お父さんとお母さんは怒ってなかったよ。未来ちゃんが誕生日を迎えられてすごく喜んでたよ」

「ほんとに？」

「ああ、今日だって未来ちゃんがいなくなって必死に探してた」

未来は少しだけ安堵したように、濡れた頬を擦った。俺は少女の浮き出した背骨に触れながら思う。何故、子どもだけは影響を受けなかったのか。俺は未来の顔を覗き込んだ。

「未来ちゃん、ここから帰りたいか」

「わたし、帰りたい。普通のおうちに戻りたいよ。パパとママに謝りたいし、プレゼントもほしい」

納戸が唇の端を吊り上げた。

「意外と図太いガキだね」

「納戸さん、黙っててください」

俺は少女を抱え上げ、納戸に向き合った。

「この子と一緒ならここを出られるかもしれません」

「何故そう思った？」

「何故、子どもはヤシキガミの影響を受けなかったのか不思議に思ってたんです。大人と違って戻りたい過去がないからじゃないですか。子どもは大抵未来の方が楽しみでしょう」

「成程ね……」

納戸は腕を組み、考え込むように唸った。

「ヤシキガミは本来、人間を害するものじゃない。ここの異常現象も住民の願いを叶えた結果だ。戻りたい過去に囚われる異界から出るには、それを持たない子どもが打開策になるかもしれない」

未来が怯えた顔で俺に縋りつく。納戸は長い沈黙の後、言った。

「他に方法も思いつかないし、やってみようか」

「あとはヤシキガミの本体が見つかればいいんですよね」

「それはもう察しがついてる。とっとと行くよ。ガキは自分で見ておきな。俺は子守をする気はないんだから」

呆れつつも、淡々とした態度が心強くもあった。未来を抱える手に力を込める。

俺は納戸の合図で走り出した。顔に吹き付ける熱気が薄くなった。獣のにおいも、這うような牛の声もなくなっている。左右の檻はいまだに残っていた。鉄格子の隙間から、何度も繰り返したコピーのようなぼやけた輪郭の手が伸びてきた。納戸は走りながら払い除ける。

白い指が宙を掻いて消えた。

「引き摺《ず》られるなよ。もうすぐだ」

「わかってますよ！」

連なる檻の向こうに、光を乱反射するガラスの壁があった。いつの間にかエントランスまで戻ってきたらしい。ガラス戸は自動的にロックされたのか微動だにしない。

「納戸さん、鍵が……」

「マスターキーならある」

納戸は足元から何かを拾い上げ、振りかぶった。俺は未来に破片が飛ばないよう抱え込むことしかできなかった。


ガラスが砕け散る盛大な音と共に、周囲に光が戻った。新鮮な空気と、風に乗って届いた草木の匂いが漂う。空は夕焼けで、辺りは何の変哲もないマンションに戻っていた。

後ろを顧みる。静まり返ったエントランスには人影も檻もなく、清潔なリノリウムの床に、今さっき納戸が破壊した自動ドアのガラス片と煉瓦が散らばっていた。未来は俺の胸に縋りつき、しっかりと目を閉じていた。

「未来ちゃん、怪我はないか」

未来は目を瞑ったまま首を振る。納戸は夕陽で赤い帯を敷いたような通りを見据えた。

「最後の仕上げだ。捕まる前に行くよ」

「まだ追手が来るんですか」

「馬鹿、警備員だよ」

俺たちの背に警報の音が降り注いだ。

納戸が走り出し、俺は後を追った。花壇の草花が赤いセロファンを貼ったように煌めく通りを抜ける。木々の向こうから静かな車の走行音や、遠くの学校のチャイムが聞こえた。

納戸が向かった先は公園だった。今は無人で、眩しいが寒々しい茜色に染まっている。納戸は歩調を緩め、子どもが作った山が残る砂場に踏み入った。

「牛の声が聞こえた時点でだいたい予想はついていたんだけどね。やっぱりこれだ」

彼の視線の先には、牛型の遊具があった。納戸が手を伸ばした瞬間、公園にいななきが響き渡った。我が子を守ろうとする獣のような、悲しげで切実な声だった。

「お前はずっと悲しいひとを見てきたんだね。彼らの居場所を守ろうと必死だったのか」

納戸は牛の冷たい鼻先を撫で、ずっと背負っていたナップザックを下ろした。紐を解いて現れたのは、三十センチほどの竹の棒が四本と、白い糸を何重にも撚《よ》り合わせて作った注連《しめ》縄《なわ》だった。

納戸は竹の棒を手に取り、砂場に突き立てる。慣れた仕草で残りの三本を並べ、牛型の遊具を取り囲んだ。

納戸は手の中で注連縄を蛇のように滑らせ、四本の竹に繋げていく。牛が縄の結界に収まったとき、ざっと風が吹いた。

土中に埋もれていた何かが隆起したように、ひとりでに砂が盛り上がり、竹と注連縄を揺らす。牛が猛然と鳴いた。俺は腕で未来の耳を塞ぐ。

砂が渦巻き、納戸の足元が蟻《あり》地獄のように陥没する。竹の棒が根元から崩れ、折り重なって倒れた。

「くそ、まだやる気かよ……」

納戸は砂に取られた足を引き抜こうと身を捻る。俺は未来に一言詫びて地面に下ろすと、納戸の元へ駆けた。

後方に倒れそうになる納戸を片手で支え、もう片方の手で竹の棒を地に突き立て直す。納戸が驚いたように俺を見た。

「いいから、続けてください！」

牛は抗うように鳴き続け、砂塵を巻き上げる。俺が土煙に煽《あお》られて咳き込むと、納戸は眉を下げて笑った。

「親子で同じことしやがって」

納戸は素早く竹の棒と注連縄を並べ直し、砂場に膝をついた。鎮座する牛は雲の切間から差し込む夕陽を顔に映し、赤い涙を流しているように見えた。

納戸は未来を一瞥し、静かな声で言う。

「お前の大事な人間たちの声を聞いてやりなよ。あの子どもは過去に囚われたがってない。未来を望んでいるんだ」

砂嵐が微かに弱くなる。

「あの子は成長して前に進んでいくつもりだ。そのための場所を守るのが、お前の役目だっただろう」


納戸は頭《こうべ》を垂れ、渦巻く砂に両手をつく。荒れた長い髪も派手な服も気にならないほど、神聖な佇まいだった。

「夫神《それかみ》は天地開闢《あめつちひらけ》て此方唯一《このかたゆいいつ》にして御形《みかた》なし。虚《きよ》にして霊有《れいあり》　私《わたし》を親《した》しむ
家《いえ》を守護《しゅご》し　年月日時《ねんげつじつじ》　災無《わざわいな》く夜《よ》の守《まもり》　日《ひ》の守《まもり》　大成哉《おおいなるかな》　賢成哉《けんなるかな》」

荘厳な響きの祝詞《のりと》が風に絡み、公園に満ちる。納戸は顔を上げ、牛と向き合った。

「屋敷神秘文《やしきがみひもん》、慎《つつし》み白《もう》す」

白い風が吹き抜け、全てを霞ませた。

砂と小石が躍る軽やかな音が響き、小さな粒が俺の肩を打った。土煙が収まり、一見何も変わったようには見えない夕暮れの公園が戻ってきた。納戸は平然と立ち上がり、砂を払った。

「終わったんですか」

「終わらなきゃ困るだろ。信用できないって言うのか」

「そういう訳では……」

「もう異変は起こらないはずだ。とっとと帰って報告しな。公務員が残業するなよ。給料は俺たちの税金なんだ」

納戸は俺を追い払い、注連縄を巻き取り、竹の棒を引き抜く。俺は周囲を見回し、未来がいないことに気づいた。

「納戸さん、あの子はどうなったんですか？」

「さあ？　正しい時間の流れに戻ったなら、今頃大人になってるんじゃないか。平成六年生まれなら三十路だろ。生きていればの話だけどね」

「またそんな言い方を……」

向こうから騒がしい足音が聞こえてきた。振り返ると、ふたりの警備員がエントランスの前で言い合っていた。

「誰だ、煉瓦なんて投げた奴は！」

「子どもじゃないですか」

「空き巣だったらどうする。上に連絡しろ」

俺が批難の目を向けると、納戸は含みのある笑みを浮かべた。警備員がスマートフォンを耳に押し当てる。平成六年にはなかったものだ。

俺は納戸と並んでベンチに腰掛けていた。

女子高生の笑い声が聞こえ、人気の漫画の最新刊を宣伝するトラックが車道を横切る。ごく普通の人々の暮らしがあった。現実に戻ってきたというのに、薄皮一枚隔てたような空々しさがある。

このマンションも訪れたときは何の異常もないように見えた。俺が家に帰るまでに通り過ぎる無数の建物の中で同じことが起きていないとどうして言えるだろう。

納戸は煙草を咥《くわ》え、ライターで火をつけた。

「禁煙ですよ」

「平成六年に健康増進法はないよ」

「今は令和です」

納戸は砂場の一点を見つめていた。視線の先には、砂を被ったプラスティックの輝きがあった。目を凝らすと、ストローを花弁のように切り開いたものだとわかった。市川が作っていた竹とんぼだ。

俺は納戸に問う。

「マンションに囚われていた人々は、無事帰れたんですか」

「現実に戻る意志があればね。あそこに留まりたいものは帰れない。ヤシキガミはそういう人間のことも守ってしまうんだ」

耳の奥で無数の笑い声が反響したような気がした。底知れない寒さを感じて腕を擦《さす》る。

納戸は立ち上がった。

「お前、この仕事辞めなよ。これ以上ヤシキガミ団地に関わるな」

「辞める気はありませんよ」

「どうして？　こんな目に遭ったのに」

「こんな目に遭ったからです。俺が放置したら、たくさんのひとが危険に晒されたままになる」

「子どもじみた英雄願望だね。お前がやらなきゃ他の人間がやるだけだ」

「誰かはやらなきゃいけないってことでしょう。もうヤシキガミ団地を知る前には戻れないんだ。他人に押し付けて自分は平然と暮らすなんてできませんよ」

「そう言って巻き込まれて消えた奴を見てきたから言ってるんだ」

　納戸は長く煙を吐き出し、靴の先で砂を掻いた。

「ヤシキガミは人間を害するものじゃない。でも、それを利用して人間を害する存在はいる」

　砂の下から大理石のような硬く光る石板が覗いた。俺は納戸に並んでそれを見つめる。マンションに設置された定礎板《ていそばん》に似ていた。石板には明朝体の文字が彫り込まれていた。

「ハザマ建築」「三」。

「何だこれは……」

文字を見つめている間に、納戸は踵を返して公園を後にしていた。俺は慌てて後を追う。

「納戸さん！」

納戸は既に道路の反対側に渡っていた。信号が赤に変わる。俺が立ち往生していると、視線の隅から少女が飛び出してきた。俺は転びかけた少女を受け止める。

「大丈夫か？」

「うん！」

少女は二つ結びの髪を揺らして元気に頷いた。顔立ちが未来に似ていた。まさかと思う。彼女は未だにヤシキガミ団地に囚われて、時間が止まったままなのか。


「すみません！」

通りの先から女の声が聞こえた。少女が勢いよく振り返って駆け寄る。

「ママ！」

「もうちゃんと前見てなきゃ駄目でしょ！　お兄さんに迷惑かけて……」

少女の母親は我が子を叱りつつ、俺に会釈した。娘によく似ていた。彼女が来た方向から三十代ほどの男が小走りに現れた。

「未来、走って大丈夫か？　まだ本調子じゃないんだろ」

「このくらい平気だよ。心配性なんだから」

夫婦は笑い合い、娘の手を取って歩き出した。

俺の胸に安堵と喜びが押し寄せた。大人に成長した未来はもう一度振り返り、俺の顔を見つめた。彼女の夫が不思議そうに首を傾《かし》げる。

「知り合い？」

「ううん。どこかで会ったかなって思ったけど、勘違いだったみたい」

「そうか、お義父さんとお義母さんに連絡した？」

「一時間後にこっちに着くって。久しぶりの東京で迷ったみたい」

俺は信号が青に変わっても、三人の背が見えなくなるまで立ち止まっていた。

調査file 2:

飢える焼却炉

数日ぶりに訪れた区役所のヤシキガミ団地調査班は、相変わらず雑然としていた。資料の山もウレタンの飛び出たパイプ椅子も、役所の備品としては問題があったが、ようやく現実に帰還したことを実感できた。

先の案件の報告と連絡を怠《おこた》ったことへの詫びを告げると、赤家は長身の背を折り曲げて頷いた。

「何より無事でよかったです。問題の解決も大切ですが、守屋さんの身によくないことが起きたのかと不安でしたから」

「すみません。それに、市川さんのことも……」

赤家は首を横に振る。市川はあれからも音信不通のままだという。

「彼自身が選択したことです。私に止める権利はありません」

「ですが……」

「あのヤシキガミ団地は戻りたい過去に留まらせてくれるものでしょう？　彼が現実にいるよりそちらの方が幸せだと言うなら仕方ないんです。安寧を祈るしかありません」

彼女は言葉を区切り、くっきりと黒いクマができた目を歪める。

「この仕事を続けているとね、そういう職員も出てくるんです。もう何人も見送りました」

俺は言葉を失った。赤家の痩せこけた肩に積もったものの重みが見えたような気がした。

赤家はひび割れたマグカップに紅茶のティーバッグを入れ、壊れかけのポットから湯を注いだ。瀕死の人間が出すような音が漏れ、熱湯の飛沫《しぶき》がそこかしこに飛んだ。

「守屋さん、あそこで地免師に会ったそうですね」

「ご存知なんですね」

「我々は時折地免師と協力して調査を行うこともあるんですよ。昔はもっといたそうですが、今は日本に現存する地免師は両手の指で数え切れるほどだとか。運良く守屋さんの危機に駆け付けてくれるとは」

まだ色が出ていない紅茶を啜《すす》りながら、赤家は俺にカップを差し出す。

「しかも、よりによってあの納戸が来たんですね」

「彼は赤家さんの名前を出してきましたが、お知り合いですか」

「ええ、まあ。納戸斎竹《いみたけ》。僧侶や俳人のような名前ですね」

俺は愛想笑いを返す。

「彼は地免師の中でも特に優れた実力を持ち、学生時代からヤシキガミ団地に関わってきました。ですが……」

「何か問題が？」

「性格と素行です」

「お察しします」

赤家は口元に手をやって小さく微笑んだ。

「納戸はあるときを境にヤシキガミ団地調査班との連携を断ち切り、以降は個人で活動していました。公的な招集をかけても応えたことはありません。正直、守屋さんと関わったと聞いて驚きましたよ」

「彼は俺の父に関して何か知っているようなんです。できれば詳しく話を聞きたいと思いましたが、難しそうですね」

「呼びましょうか？」

俺は思わず問い返す。

「招集に応えないのでは？」

「公的なものならね。私的には応えます。彼は私に借金がありますから」

赤家は平然と応え、スマートフォンを耳に押し当てて電話をかけ始めた。納戸に関してはまだ謎が多いが、ひとつだけわかっていることがある。あの男は俺の父とよく似たタイプのろくでなしだ。

新宿駅前で巨大なモニターが３Ｄの三毛猫を映し出すビルを眺めていると、妖怪絵巻を印刷したシャツを纏った納戸が現れた。

納戸は左胸に描かれた髑髏《どくろ》と同じ、心底不服そうな顔をして俺を睨んだ。

「思ってたよりずっと悪どいんだな。赤家を使って呼び付けるなんて……」

赤家は慇懃《いんぎん》に頭を下げる。

「お久しぶりです。お元気でしたか」

「機嫌以外悪いところはないよ」

「それならよかった。立ち話も何ですし、どこかに入りましょうか」

「煙草を吸えるところならどこでも」

納戸は諦めたように肩を落としつつ、まだ俺を見つめていた。


映画館やゲームセンター、居酒屋が並ぶ通りを抜け、辿り着いたのは一画だけ昭和の面影を残した煉瓦造りの喫茶店だった。

扉を開けると、ピンクの電話機と煙草を陳列したカウンターが目に入る。赤い革を張った椅子が犇《ひしめ》く店内には濃密な白い煙が立ち込めていた。

赤家は案内された座席につき、俺は向かい合って座る。納戸は俺の隣に腰を下ろし、断りもなく煙草を咥えて火をつけた。

「今どき珍しいヘビースモーカーですね」

「たまには税金払いたくてさ。地免師は社会的には無職扱いだから、依頼人から金を包んでもらっても所得税を引かれないんだ。脱税してるみたいで嫌だろ」

「それで煙草を？」

「そう、たばこ税と消費税なら払えるから街づくりに貢献できる」

俺が絶句していると、赤家は淡々と言った。

「変なひとでしょう」

「赤家には言われたくないよ」

納戸は椅子を引き、少しでも赤家から距離を取ろうとしているようだった。

運ばれてきたコーヒー三つを前に、納戸は腕を組む。

「それで？　話があるなら手短に」

「では、本題から。ヤシキガミ団地の発生が近年大幅に増加しています。心当たりはありますか」

俺は咄嗟に割り込んだ。

「赤家さん、そうなんですか？」

「はい。基本的に我々に持ち込まれる案件の九割は、根も葉もない都市伝説や、ラップ音や光の屈折などを誤認したことから生まれる怪談でした。しかし、昨年からはそういった誤りは六割にまで減少しました」

「では、半数近くが本当のヤシキガミ団地だったということですか」

「その通りです。私がここに配属されるより昔、十年前にも同じような事態があったそうです。納戸さんならご存知かと」

「どうせ赤家も掴んでるんだろ。白々しいんだよ」

納戸はそう吐き捨て、煙草をへし折った。

「ハザマ建築だよ」

先の案件のマンションで見つかった、砂場に埋め込まれた定礎板に彫り込まれていた社名だった。赤家が沈鬱な表情で俯く。ふたりは既に何か勘づいているようだった。俺だけ蚊帳《かや》の外だ。

「納戸さん、この前聞きそびれてしまいましたが、ハザマ建築とは何ですか」

「実在しない建築会社だよ。存在しないいんだから話はそれで終わりだ。首突っ込むんじゃないよ」

赤家が平坦な声で割り込んだ。

「あくまで公的には登録されていない機関というだけです。実態は金銭的理由や何らかのトラブルで建設途中に工事が立ち行かなくなった案件を、安価で請け負い、完遂させる建築代行業者のようです」

「建築代行……」

「公の仕事を請け負うことができない存在なのでしょうね。実際、今までの調査でハザマ建築の名前が出たのは、反社会的な団体からの逮捕者の証言ばかりでした」

納戸は二本目の煙草を取り出したが、火をつけることなく、先端で灰皿の縁を叩いた。

「赤家、こいつだってもう巻き込まれてるんだ。まどろっこしい話は抜きにしてちゃんと教えてやりなよ」

「では、納戸さんからどうぞ」

彼は俺の顔と灰皿の中で蛆虫《うじむし》の死体のように潰れた吸殻を見比べる。俺が視線を返すと、納戸は諦めたように言った。

「奴らは人為的にヤシキガミ団地を作り出しているんじゃないかって疑惑があるんだ」

「何だって？」

「あくまで噂だよ。ムー大陸やきさらぎ駅と同じくらいどうでもいい噂だ。公務員が気にすることじゃないよ」

腰を浮かせかけた納戸の手を、赤家が掴んだ。

「納戸さん、自分で仰ったでしょう。守屋さんも既に巻き込まれています」

「だから、何だよ」

納戸は子どものように手を振り払う。この男との付き合いはまだ短いが、これほど余裕がないのは珍しいと思った。赤家は振り払われた手を見つめる。

「納戸さん、守屋さんと一緒に調査に向かってもらえませんか？」

「何で俺が。冗談じゃないよ。俺はもう役所ともハザマ建築とも関わるのをやめたんだ」

「本当にそうですか？　では、何故、件のマンションにまで張り込んでいたんです。何故、守屋さんを助けたんですか」

納戸は呻き声を漏らした。赤家はコーヒーカップに唇をつけて息を吹く。

「守屋さんが先の案件の一部始終を仔細に語ってくれました。ヤシキガミの本体は公園にあったそうですね。危険を冒してマンションに踏み入る必要はなかったのでは？」

「素人は黙ってな。ヤシキガミっていうのは、人間たちのどういう望みで怪異現象を起こしてるか突き止めなきゃ鎮められないんだ。そのための調査に行っただけだよ」

「ヤシキガミ団地から脱出した子どもを保護していたようですね。彼らから話を聞けばよかったのでは？」

「ガキの証言が参考になるか」

「納戸さん、貴方はマンションの中で守屋さんを見つけたから駆け付けたのではありませんか」

納戸はいよいよバツが悪そうに黙り込んだ。俺は呆然とふたりのやりとりを眺めていた。何故、会ったばかりの俺を助けるためにわざわざ危険を冒したのか。その答えは、俺の父と繋がっているのか。

納戸は苦し紛れに俺を睨んだ。

「余計なことばっかり言いやがって」

「八つ当たりしないでください」

赤家は真っ直ぐに納戸を見つめた。

「やってくれますか？」

納戸は舌打ちして髪を掻き上げる。

「しょうがない。やるしかないんだろ。その代わり、借金はそれでチャラにしておけよ」

「東京都の最低賃金をご存知ですか？」

赤家が鷹揚に微笑んでから、眉を顰めて机の下を見た。納戸が足を蹴ったらしい。

「納戸さん、いったい赤家さんからいくら借りてるんですか」

「覚えていられる額だったらこんな厄介ごと引き受けるかよ」

「堂々と言わないでくださいよ」

この男と仕事をする羽目になるとは思わなかった。一日ごとに俺が想像していた公務員としての真っ当な生き方から遠のいていく。そんな気がした。


その日の夜は、久しぶりに父の夢を見た。

場所は海岸埋立地の団地じゃない。壁も床も天井もない、真っ白な空間だった。

父は真っ白な光の中に座り込み、原稿用紙を捲っていた。父が寄稿した雑誌かと思ったが、マス目に書かれているのは、拙い鉛筆の文字だった。あれは俺が小学生の頃、夏休みの宿題で書いた作文だ。両親に仕事についてのインタビューをして、そこから感じたことを自由に書く。俺には酷な宿題だった。

その年の夏休み、父は帰らなかった。俺は家にある雑誌の切り抜きから父の書いた記事を読んだ。インターネットで父のペンネームを調べ、図書館や古本店で該当する雑誌を探したりもした。他人のように父の断片を掻き集め、完成させた作文は、何かしらの賞に選出され、市役所の壁に貼り出されることになった。

秋になって帰ってきた父にそのことを話すと褒めてくれた。だが、表情は嬉しそうというより、罪悪感で押し潰されるように悲しげだった。父は俺を傷つけないよう、喜びを損ねないよう言葉を選びながら、笑顔を作って言った。

「今度からは図書館に行かなくても、父さんに直接話を聞けるように、もっとたくさん帰ってくるからな」

俺はいつものことだと諦めつつ、心のどこかで期待しながら頷いた。俺は頭を撫でる父の手を見上げた。赤と黒のベルトの腕時計が光った。文字盤に髑髏が描かれていて、スイッチを押すと懐中電灯代わりに薄く発光するものだ。父の愛用品だが、幼い頃の俺は不気味で苦手だった。

今、目の前で背を向けて原稿用紙を見つめている父も、同じ腕時計をつけていた。紙を捲るたび、手首の丸い骨に引っかかった赤と黒のベルトが音を立てる。

父は俺の作文を読み終え、ぼんやりとどこかを眺めてから溜息を吐く。そしてまた、十ページもない原稿用紙を読み直し始めた。

父さん、と呼ぼうと思ったが、声が出なかった。紙の擦れ合う音と、腕時計のベルトの金属音だけが俺の方へ届いては消えていった。

目を覚ましても、なかなか夢が頭から離れなかった。特別恐ろしい悪夢でも、印象深い思い出の再現でもないのに、何故かひどくリアルだった。

シャツの襟にネクタイをかけながら、鏡の中の自分と向き合う。父にはあまり似ていないと思う。そうならないように生きてきた。

どちらかといえば、納戸の方が俺の父に似ているかもしれない。昨日着ていた髑髏の柄のシャツだって、あの腕時計と似ていた。趣味も話も合ったのだろう。先日の異界と化したマンションの中で見た、父と学生時代の納戸の光景が実際にあった過去ならば、ふたりはどんな会話を交わしたのだろうか。

俺は考えを頭から追い出すため、冷たい水で顔を洗う。洗面台の隅に置いたスマートフォンが振動した。赤家からのメッセージが届いていた。新しいヤシキガミ団地が発見されたようだ。俺は顔を拭う。

納戸が俺の父とどう関わっていようが、俺には関係ない。今の彼は俺の仕事仲間だ。

赤家から指定された駅で電車を降り、納戸を待っていると十分遅刻して現れた。安っぽいヘアゴムで括った髪を弄びながら、納戸は仏頂面で言った。

「来ただけでありがたいと思ってくれよ。それに、あんまりひとが多いところに長い間突っ立ってたくないんだ。職務質問されるから」

「いつも何て答えてるんですか？」

「無職」

俺は最早呆れる気にもならず、渋る納戸を急かして歩き出した。

問題の共同住宅は駅からだいぶ離れたところにあるらしい。雑居ビルと全国チェーンのカフェが並ぶ通りを過ぎ、地図アプリに導かれながら何度も路地を曲がるたび、だんだんと都会らしくない光景に変わっていった。

幌《ほろ》に雨水と落ち葉が溜まったクリーニング店や、店主がビールケースに座って煙草をふかしている喫茶店。狭くねじくれた道路に垂れ下がる電線が、絞首台のロープを思わせる音で軋んだ。

納戸はアスファルトの水溜まりを踏み、水飛沫を散らす。

「何だか嫌なところだな」

「地免師としての所感ですか」

「違うよ。生活の匂いが染みつきすぎてる」

納戸は指で円を描くように、民家から迫《せ》り出したベランダを指した。

「洗濯物の派手なバスタオルとか枯れた観葉植物とかさ。ただの風景でしかないのに、家の一戸一戸に大量の人間の人生が詰まってることを思い知らされるだろ。頭が変になりそうだよ」

父も似たようなことを言っていたなと思った。納戸は横目で俺を見る。

「捻くれ者ですね、とか言わないのか」

「父も同じようなことを言っていたので」

納戸はそれ以上何も言わず、足を速めた。

遠くから、パトカーのサイレンが聞こえ出した。うねるような音階は木造の家々に吸収され、水の中で聞こえる音のようにくぐもっていた。

「近いね」

納戸の声に、嫌な予感が浮かぶ。細い路地を抜け、例の共同住宅に到着したとき、予感が的中したことを知った。


古びた五階建ての建物だった。クリーム色の壁には等間隔で室外機が取り付けられ、ベランダには簀《す》で目張りがされていたり、勝手に取り付けたと思われるベニヤ板の物干し台が突き出ていたりと、思い思いに改造されている。塗装が剥がれたところに住民が勝手にペンキを塗ったらしく、所々に不似合いな色の面があった。昔、香港にあったという九龍城砦《きゆうりゆうじようさい》を想像させた。


住宅の前がいやに騒がしい。住民たちは慌てて出てきたという風に部屋着にサンダルを突っ掛けて出入り口に集っていた。けたたましいサイレンが響き渡り、パトカーと救急車が野次馬を牽制しながら滑り込む。住民は距離を取りつつ、出入り口にテープを貼る警察官たちの一挙手一投足を見張っていた。

納戸が囁く。

「幸先いいね」

「どこをどう見たらそう思うんですか」

「さっそく異変が見つかったってことだろ。無駄骨を折る手間がなくなったじゃないか」

やがて、救急隊員が銀色のシートのかかった担架を抱えて非常階段を下りてきた。シートは風で飛ばないよう厳重にベルトで固定されている。中央の膨らみは小柄な人間がひとり横たわっているくらいの大きさだった。まさかな、と思う。納戸は住民たちの間から首を伸ばし、様子を窺っていた。

「アルミホイルの包み焼きみたいだな」

「また不謹慎なことを……」

救急隊員のひとりが階段を踏み外し、担架が跳ねた。その拍子に、シートの下から黒い手が飛び出した。逆光でそう見えたのではなく、墨汁を塗り付けたように真っ黒だった。住民たちの間から小さく息を呑む音が聞こえた。救急隊員はシートを引っ張り、遺体の腕を隠す。納戸が低く呟いた。

「見た？」

「はい……焼死でしょうか」

「たぶん。ヤシキガミは人間を直接的に害さないはずなんだけどな」

ざわつく群衆の中で、一箇所だけ微動だにしない影があった。二十歳前後の若い女がじっと担架を見つめている。長引いた残暑も鎮まり、肌寒くなってきたというのに、Tシャツから痩せた腕を覗かせて佇んでいた。囁き合う住民たちに加わらず、ひたすら無言で一点を眺める姿は、俺にしか見えていない亡霊のようだった。


救急車が走り去り、険しい表情の警察官たちが残された。共同住宅の入り口はクリスマスのプレゼントのように黄色いテープが何重にも巻かれている。住民たちはこれ以上情報が得られないと悟ったのか、徐々に散らばり、家の内外へと消えていった。

納戸はきびきびと動く警察官たちを横目に肩を竦めた。

「帰ろうか。事件現場になったなら俺たちの出る幕はないだろ」

「納戸さんが気乗りしないだけでしょう。聞き込みぐらいはしないと帰れませんよ」

「警察官がただの役人相手に情報漏洩するかよ」

ちょうどまだ真新しいスーツを纏った若い刑事が、大股で俺たちの方へ向かってきた。

「失礼ですが、住人の方ですか。今、ここは立ち入り禁止です。関係者以外お引き取りください」

納戸がそれ見たことかという顔をした。俺は気圧されないよう、かと言って横柄に見えないよう、刑事に相対する。

「我々は新宿区役所からの調査で参りました。お話を聞かせていただけませんか」

「新宿から？　ここは管轄外でしょう。それに……」

刑事の視線が納戸に注がれる。公務員どころか真っ当な仕事に就いているように見えない。刑事の視線が見る間に鋭くなった。

膠着《こうちゃく》した空気に、年嵩の男の低い声が割り込んだ。

「新宿区役所と言ったな」

日に焼けた大柄な刑事が、厳格な表情で俺と納戸を見渡す。俺が頷くと、彼は右手を差し出した。証明しろと言うのだろう。俺はスーツの上着から職員証を取り出して手渡す。刑事は穴が開くほどじっくりと眺めてから短く言った。

「通れ」

若い刑事が視線を彷徨わせる。

「しかし、先輩……」

「いいんだ。状況を説明する」

俺は戸惑いつつ、刑事と向き合った。ヤシキガミ団地調査班の名は届くべきところには届いているのか。刑事は険しい表情のまま憮然と言った。

「遺体の発見は午前九時二十分。身元は不明。男女の区別がつかないほど激しく損傷し、炭化していた」

やはり、先程担架に乗せられていたのは焼死体だったのか。

「第一発見者はこの共同住宅の管理人だ。住民から蛇口から排出される水に異臭があり、黒く濁っているとの報告を受けて、給水塔を改めたところ発見された」

「給水塔？」

俺は問い返す。遺体は焼かれていたのではなかったのか。刑事は眉間の皺を濃くした。

「そうだ。遺体は一切火の気のない、給水塔の貯水に浮かんでいた」

俺は呆然とする。例のマンションで異常な現象には耐性がついたつもりだったが、思い上がりだった。先の案件で死者は出ていなかった。それが、今回は最初から遺体が見つかっている。しかも、普通では有り得ない状況で。

刑事は現場を封鎖するテープを鷲掴み、持ち上げる。撓《たわ》んだ黄色の束が、獲物を待ち受ける、ぽっかりと開いた口のように見えた。

警察官たちの視線を浴びながら、共同住宅の内部に足を踏み入れた。

中は外装から想像した通りの古さだった。この前のマンションとは天と地の差だ。外廊下のクリーム色の壁には武骨な配管が蛇のように這い回り、錆と汚水が混ざり合った茶色い染みを垂らしていた。臙脂色の扉は薄い。中にいても、絶えず回る室外機の台風じみた音が聞こえるだろう。

こうして歩いていても、外階段を駆け回る警察官たちの足音が響いてくる。頭蓋骨を踏みしだかれているようだ。


納戸は階段の足場から覗く、紺色のズボンの脚を見上げる。

「流石に死体発見現場までは見せてもらえなそうだな」

「中に入れてもらえただけでも感謝するしかないですよ」

「それにしても、貯水槽から死体か。『ダーク・ウォーター』みたいだな」

「何ですか、それ」

「日本のホラー映画の海外リメイク版だよ。知らないのか」

「ホラーは見ないんです」

「怖いから？」

納戸は揶揄うように唇を吊り上げた。俺は挑発を躱《かわ》して前へと進む。

「父を思い出すからです」

納戸は一瞬表情を曇らせ、取り繕うようにかぶりを振った。

「まあ、アメリカで実際に起こった事件と比較される映画なんだよ。大学生がホテルの貯水槽に入り込んで変死したっていう。エレベーターの中の監視カメラに映っていた学生の姿が話題になって、向こうじゃ有名な都市伝説だ」

「都市伝説だとしても本当に死者が出て、遺族もいるんでしょう。面白がるのはよくないですよ」

「守屋さんの息子なのにつまらない奴だね」

俺は納戸を無視してスマートフォンを取り出した。赤家から資料が送られてきていた。今さっき起こった事件も報告しなければならない。

資料と目の前の光景を照らし合わせていると、納戸が画面を覗き込んだ。

「何て書いてある？」

「ここはかつて市営住宅だったとか。ですが、老朽化のための改築工事を理由に入居者の募集を一時停止したことで、住民の高齢化が進み、空き部屋が多くなったとか」

「たぶん工事費用が捻出できなくていつまでも話が進まなかったんだろうね。疫病の流行もあったし」

「おそらく。そこで、民間の非営利団体が建物一棟を丸ごと買い取り、生活困窮者のための住宅にしたとか」

納戸が微かに肩を震わせた。言いたいことはわかった。この住宅を買い取り、改装工事まで済ませたのが、ヤシキガミ団地を人為的に造り出すというハザマ建築ではないかと疑っているのだろう。俺も同意見だったが、確証が足りない。納戸はしばしの沈黙の後、再び口を開いた。

「それで？」

「現在も低所得者や訳あって住居を借りるのが難しい人々が住んでいるようです」

言葉を言い切る前に、一室の扉が開いた。俺たちは同時に口を噤む。現れたのは、今さっきまで寝ていたという風な部屋着姿の中年の女だった。キャラクターのヘアクリップで前髪を留め、化粧もしていない。恐らく近所の人々と事件について話をするつもりで出てきたのだろう。

女は俺と納戸を見て驚きの表情を浮かべた。俺が何か言う前に、納戸が素早く女に歩み寄った。

「警察の方から参りました。よければ、お話聞かせてもらえますか？」

女は怪訝な表情を浮かべたが、納戸が懐から黒い手帳を覗かせると、納得したように頷いた。


俺は声を潜めて咎める。

「納戸さん、何言ってるんですか！」

「うるさいな。ただふらふらしていたって情報が集まらないだろ。俺は定時で帰りたいんだよ」

「公務員でもないくせに……その手帳は？」

「ただのスケジュール帳だよ」

「嘘をついたんですか」

「俺は手帳を見せただけだ。警察の方から来てるのも本当。俺の家の近くに交番があるからね。向こうが勘違いしただけだ」

俺は二の句を告げず呆れ果てた。

住人の女は急いでヘアクリップを外し、前髪を整える。半開きの扉には「川越《かわごえ》」と表札がかかっていた。

「こんな事件が起きるなんて本当にびっくりしました。まだ信じられません」

納戸は作り笑いで女ににじり寄る。

「最近、近所で隣人トラブルが起こったことなどはありますか？」

「全然。うちはみんな協力し合ってるので、ここに住んでるひとたちは家族みたいなものですよ。揉め事なんてそんな……」

「亡くなった方に心当たりは？」

川越といううらしい女はかぶりを振る。

「今のところは何も。うちの入居者は夜のお仕事の方も多くて、顔を合わせたことがない住民もいるんです」

納戸は「家族みたいって言ったくせにな」と俺の耳元で囁き、川越に向き直った。

「貴女は独りでここにお住まいで？」

納戸の視線は半開きの扉の下方に注がれていた。狭い玄関には男物の汚れた革靴が並んでいた。

「同居人がいますけど、あのひとはふらふらしてて何日も帰ってこないことがありますから」

川越は愛想よく笑いつつ、自分の背で扉を押した。納戸は覆い隠された玄関を透視するように、しばらくドアを見つめてから顔を上げた。

「じゃあ、皆さん仲はいいけれど個人のプライバシーも大事にしているということですね？」

「そうなんですよ。お互い事情がありますからね。でも、困ったときは誰でも皆助け合ってるんですよ」

そのとき、川越の隣の家で、廊下に面した窓を開ける音がした。防犯用の柵の間から、髪を明るい茶色に染めた三十路くらいの女が顔を覗かせる。

川越が大げさに身を折って微笑んだ。

「こんにちは。佐倉《さくら》さんが昼間に起きてるなんて珍しいですね」

佐倉と呼ばれた女が屈託なく笑みを返す。

「ちょうど夜勤明けだったんですよ」

「じゃあ、疲れていたところにこんな事件があって大変だったでしょう」

「お気遣いいただいて。川越さんも独りで不安でしょうに」

ふたりは友人のように会話を続けた。住人どうしの仲が良好なのは本当らしい。納戸を挟んだふたりの女は事件や隣人の安否について話し合い、揃って自分たちには何のトラブルもないと強調した。


佐倉は柵の隙間から手を伸ばし、廊下の奥を指さした。

「ほら、見てください」

暗がりに百二十センチサイズの段ボールほどの箱があった。置き配の荷物のようにひっそりと壁につけて置かれている。

「あれは何ですか？」

「不用品の回収ボックスです。うちで余ったものや要らないものがあったらそこに入れておくと、欲しいひとが持っていくんですよ」

川越は嬉しそうに笑う。

「お子さんが小学校に入るのにランドセルを用意できていないお母さんのために、みんなで少しずつお金を出し合って、新品を置いておいたこともあるんです。とっても驚いて喜んでくれたんですよ」

「それはそれは」

納戸は作り笑いの在庫が切れたように表情を打ち消し、指先で俺を呼び付けた。


ふたりが部屋に引っ込んでから、俺と納戸は再び外廊下を進んだ。

壁から迫り出した赤い消火器の箱を避け、不用品回収ボックスの方へと向かう。灰色の古びた箱は、蓋が取れたクーラーボックスのようだった。側面には段ボールが貼り付けられ、油性ペンで手書きの文字が記入されている。

「不要なものがありましたらお入れください。責任を持って処分いたします」

些細な違和感を覚えた。

「ご自由にお持ちください、ではないんですね。これじゃあゴミ箱みたいですが……」

「表立って何でも持っていけとは言えないんだろ。拾う側のプライドってもんもあるしさ」

納戸は屈み込んで箱を覗いた。埃を被った不用品回収ボックスには文字通りのガラクタが詰まっていた。カバーのない日焼けした文庫本や、汚れたぬいぐるみ、元の色がわからないほど汚れ切った、汗の匂いを漂わせるスニーカー。

「本当にゴミばっかりだな」

「納戸さんはここの住人じゃないでしょう」

「誰が持っていったっていいんだろ。目ぼしいものは何もないけどね」

納戸が立ち上がった拍子に箱が揺れ、中のガラクタが飛び出した。廊下にザラザラと音が響く。

「何やってるんですか。ちゃんと片付けてくださいよ」

俺は溜息を吐き、散らばったキーホルダーやキッチンタイマーを拾って箱に詰め直す。文庫本を持ち上げた瞬間、小さいが硬くて重量のある何かが転げ落ちた。

時が止まったような気がした。納戸も硬直してその場に立ち尽くしていた。

廊下に転がったものは、あまりに懐かしい、ここにあるはずのないものだった。赤と黒のベルトの腕時計だ。文字盤には髑髏が描かれている。スイッチを押すと懐中電灯代わりに薄く発光することを、俺は知っていた。納戸も知っているのかもしれない。

何故、父の腕時計がここにある。

指一本も動かせず、文字盤の髑髏と見つめ合っていると、背後から視線を感じた。階段の踊り場に人影があった。遺体が搬送されるのをじっと見つめていたTシャツ姿の女だ。

俺と目が合うと、女は周囲を気にするように左右を確認し、小走りに消えた。

調査を続ける気にはとてもならなかった。

回収ボックスに廃品を捨てに来た老人や、散歩から戻ってきた親子連れが廊下に集い、口々に事件について噂話を続けていたが、頭に入ってこなかった。

納戸も同じ様子だった。私服警官だと思われた彼は、住民からあれこれと詮索されていたが、虚《うつろ》な返事を繰り返すばかりだった。

救急隊員が運ぶ担架からだらりと垂れ下がった腕が浮かぶ。焼け焦げて年齢も性別もわからない焼死体。

失踪した父が根無草を続けて、この共同住宅に流れ着き、過去を知らない人々と共に生活を続けていた。そんな可能性はないとどうして言えるだろう。

あの死体は父のものではなかったか。

俺の疑念をよそに、住民たちは根も葉もない噂話を続ける。皆、張りついたような笑顔だった。死体遺棄事件への恐れや遺体の身元の推理は口にするが、誰も死者への憐れみの言葉を告げることはなかった。

もし、真っ暗な狭い給水塔の中で、長い間誰にも見つかることなく、焼け爛れた皮膚が剥がれて水に溶けていくしかなかった死人が父だったら。


怒りとも悲しみとも言えない感情が胸の奥から湧き、喉を駆け上がって口を衝いていた。

「皆さん、そんなに仲がいいのに誰も亡くなった方を悼《いた》まないんですか」

住民は一斉に押し黙り、俺に顔を向けた。植物が陽の光を追って傾くような、統一的で人間味を感じない動作だった。我に返ってから、しまったと思った。いくつもの黒い目が無表情に俺を見つめている。


緊迫した空気を断ち切るように、納戸が思い切り俺の背を叩いた。前につんのめって転びそうになるほどの強さだった。

「お前は青臭いなあ。仏さんに同情するのはいいが、このひとたちに当たってもしょうがないだろう！」

納戸は俺の首根っこを掴んで言った。

「すみませんね。ちゃんと説教しておきますから」

住民たちの能面じみていた顔に驚きの表情が浮かび、やがて、苦笑に変わった。

俺は納戸に引き摺られて廊下を進み、黄色いテープの包囲網を潜って共同住宅の外に出る。放り捨てるように歩道に押し出され、ようやく息をついた。秋晴れの日差しが頭上に降り注ぐ。

建物の中にいたときは気にならなかったが、外に出て陽光に当たると、あそこがいかに暗かったかわかった。上階のベランダや非常階段が何重にも鋭角の闇を作り、外廊下を影で覆い隠していた。毎日あそこを通っていたら知らないうちに気が滅入りそうだ。

俺は締まったネクタイを緩め、シャツの襟元を整える。納戸はガードレールにもたれかかって煙草に火をつけていた。路上喫煙を咎めようにも、先程迷惑をかけたことを思うとどうにも言い出せなかった。何より、未だに頭が上手く回っていない。

納戸は悠々と煙を吐いた。

「喫煙禁止区域だって言わなくていいのかよ？　この辺でルールを守ってる奴はいなそうだけどね」

足元にはアスファルトの凹凸にへばりつくように吸殻が散らばっていた。紙が破れ、中の草が枯れた花のように広がっている。海岸埋立地の団地で、父と通った道によく落ちていたハマナスの花を思い出した。

納戸は煙草を挟んだ手で俺の胸を小突く。

「俺にさっき迷惑をかけたから歩き煙草を咎める資格もないって？　真面目すぎるんだよ、お前は」

「わかってるなら堂々と吸わないでくださいよ」

嘲笑を返す納戸の鼻から白い煙が漏れた。

「迷惑だったけど怒ってはいないよ。あそこに住んでる奴ら何か気持ち悪かったからさ。仲良しこよしって面《つら》して内心どう思ってるか」

突如、女の声が降りかかった。

「やっぱり、そう思うんだ」

俺と納戸は飛び退いて、後ろを振り返る。共同住宅にいた、Tシャツ姿の若い女だった。化粧っ気のない顔はやつれて青白く、表情の暗さを際立たせていた。

納戸は驚きを隠すように声を張り上げた。

「お前は誰なんだよ。ずっと後ろからじろじろ見てきやがって」

女は自分の肩を抱えて俯く。便所サンダルから覗いた爪はひび割れて血が滲んでいた。Tシャツの胸についた卵黄のシミらしきものが地図のように見えた。生活に疲れ果てているか、何か問題を抱えていることが窺えた。


女は俺と納戸を見比べて言った。

「あそこに住んでるひとたちおかしいって言ってたでしょ。私もそう思ってる。あの家も住人も気持ち悪いんだよ」

何と返せばいいか迷っている間に、女は距離を詰めてきた。

「ふたりとも何か調べてるの？　何しにここに来たの？」

「俺たちは……」

「気になることがあるなら教えてあげる。でも、ここじゃ無理。誰かに聞かれたら終わりだから」

女は怯えた顔で辺りを見回した。納戸が不快を隠さずに仰け反る。

「勝手に話を進めるなよ。お前が奴らの仲間じゃないってどうして言える？」

女の腕には鳥肌が立っていた。演技をしているようには見えない。

「納戸さん、聞いてみてもいいんじゃないですか」

「お前まで何言ってるんだよ」

「情報が必要でしょう」

俺は納戸の目を見つめた。俺たちに必要な情報はヤシキガミ団地に関するものだけじゃない。俺の父に関しても、彼女が何かを知っているかもしれない。

納戸は根負けして項垂《うなだ》れた。

「まあいいや。昼飯にするつもりだったし。経費で落としておけよ」

女はこけた頬を膨らませ、安堵の息を吐いた。


俺たち三人は元来た道を戻り、駅前の喫茶店に入った。雑居ビルの二階の店内に入るなり、納戸はガラスの衝立で区切られた喫煙席に着いた。俺は女に頭を下げる。

「勝手に決めてすみません。煙草大丈夫ですか？　ええっと……」

「角田《かくた》。煙草は平気」

女は子どものように答えた。料理が運ばれてくるまでの間、窓から駅のロータリーを見下ろしていると、昼食に並ぶサラリーマンやドラッグストアの袋を提げた主婦のつむじが見えた。彼らが帰る家は正常だろうか、異常だろうか。

油と焦げ目でテラテラと光るピザトーストが運ばれてきた。無言で分厚いパンの耳を齧《かじ》る納戸が、俺に促すような目を向けた。聞き込みは俺に任せたというのだろう。

「角田さん、ここなら住人の方もいません。お話伺えますか」

「信じてくれるかわからないんだけど……じゃあ、先に信じてくれそうな話からするね」

角田はピザトーストの端を摘み、チーズの下からこぼれたケチャップで汚れた手を見下ろした。

「あそこに住んでる奴ら、みんなカスなんだ」

「そう仰ると？」

「最初はよかったの。ちゃんとしたボランティアのひとが支援してくれて、住人どうしのトラブルがあっても仲裁してくれてた。今みたいに問題があっても、そんなものありませんってふりしてニヤニヤ笑ってるのとは大違い」

「ボランティアの方々は今はもう運営に携わっていないんですか」

「うん。お金の問題があったみたい。最後まで頑張ろうとしてくれてたけど、結局離れていっちゃった」

「では、今誰が運営を？」

「わかんない。あんまり来ないからほとんど顔を見たこともないんだけど……」

角田はベタついた手で前髪を触った。

「確かあの家の工事中に買い取ってお金を出したひとたちって言ってた」

納戸は口の端からカットされたピーマンを零した。ハザマ建築が着工を請け負っていたとしたら、工事が終わっても尚、彼らはまだあの集合住宅に関与しているということだ。


俺は改めて角田と向き合う。

「では、運営者が変わってから共同住宅や住民の間に異変が起こったと？」

「っていうより、前はボランティアのひとたちが何とかしてくれてたけど、それがなくなったから野放しになってるの」

「以前から問題はあったと仰っていましたね」

「そう。うちに住んでるひとたちの中には、ひとに言えないような仕事をしてるひとも多くて。たまに住人の中から仲間を集めたりすることもあったの。集めたって言えば聞こえはいいけど、実際は借金とか何とかで因縁をつけられて断れないことがほとんどだった。私と私のお母さんもやったよ」


角田は悲しげに俯いてから、慌てて顔を上げた。

「私のこと逮捕したりする？」

「いえ、自分にそこまでの権限はありませんし、事情があるでしょうから……」

俺がかぶりを振ると、角田は安心したように微笑んだ。痛々しい笑みだった。


「その流れで置かれたのが、不用品回収ボックスだったんだ」

「あれは住民の間で設置されたんですか」

「そうなの。みんなで助け合うためなんて言うけど、違うよ。あれはよくないことしてるひとたちが盗品を回収したり、いろんなものを受け渡すためのカモフラージュとして置いたんだ」

ガラクタで散乱した汚れた箱が脳裏に蘇った。ピザトーストを食べ終えた納戸が、汚れた指で煙草を摘んで言う。

「じゃあ、あそこには住民の私物以外のものもある訳だ？」

もし、そうなら俺の父が住んでいたとも限らなくなる。そうであってほしい。俺は祈るような気持ちで角田を見つめたが、彼女は項垂れるだけだった。

「そういうのもある。でも、今はほとんど住んでるひとのものかな。住んでるひとのものっていうか何ていうか……」

「歯切れが悪いな。はっきり言いなよ」

「納戸さん、脅しても仕方ないでしょう」

角田は赤と黄色に染まった布巾を握り、落ち着きなく視線を彷徨わせた。

「本当に信じてくれるかわからないような話なんだよ。前も他のひとに相談したことがあったけど、病院に行けって言われちゃった」

彼女の頬を冷たい汗が伝う。俺は使っていないおしぼりを手渡した。

「俺たちは誰も信じないような話を専門で調査しているんです。教えてもらえませんか」


角田はようやく頷いて乾いた唇を開いた。

「不用品回収ボックスに入れたものは、どんなものでもいらないものになっちゃうんだよ。あそこにものを入れると、可燃ゴミみたいに燃えて、次の日には炭になって屋上で見つかるの」

俺と納戸は同時に目を見開く。これが、今回のヤシキガミ団地で起こる怪奇現象か。

「やっぱり信じてないよね……」

「いえ、信じます。ただ、質問させてください。不用品回収ボックスに入れたものは燃えた状態で見つかるんですか？　誰かが燃やしているという訳ではなく？」

「絶対に違う。私もそう思って一日中見張ってたことがあるんだ。夜中、置いてあった人形が消えて、慌てて非常階段を上って屋上に行ったら炭みたいになって転がってたの」

「住人の方々はご存知なんですか？」

「知ってて悪用してるの。処理に困った盗品や廃棄物を燃やしてるんだ」

嘘であってほしかった。ヤシキガミが起こす怪奇現象が周知されて、その上で悪用までされているとは。

角田は凍えたように身体を震わせた。

「ものだけじゃないんだよ」

「どういう意味ですか」

「あそこに人間を入れるひともいる」

俺は言葉を失った。


納戸が煙草のフィルターを強く噛み、引き攣《つ》った声を漏らした。

「あの箱に人間なんて入るかよ……」

「全部入れる必要はないの。身体のどこかを突っ込んでおけばいいみたい」

「お前を焼死体にしたいからこの箱に手を突っ込んで動かないでください、って言われて馬鹿正直に従う奴がいるか？」

「殴ったりして気絶させておけばできるよ」

「見てきたみたいに言うじゃんか」

角田は声を震わせた。

「……見たんだよ。私、給水塔から見つかったひとが誰か知ってる」

俺は思わず腰を浮かせ、角田に詰め寄った。食器がぶつかり、セットのコーヒーが黒い雫を散らす。

「本当ですか？」

角田はたじろぎながら訥々と答えた。

「昨日の夜、帰ってきたとき不用品回収ボックスの上に倒れ込んでる男のひとを見たんだ。酔っ払って寝てるんだと思って通り過ぎようと思ったの。厄介事に巻き込まれてまた住人から睨まれても嫌だから」

「それで？」

「……横切ったとき、その男のひとの頭から血が出てるのが見えたんだ。たぶん、誰かに殴られたんだと思う。怖かったし、通報しようかと思ったけど、私が警察を呼んだってバレたら、みんなの報復が怖いから」

あの共同住宅には犯罪と恐怖が蔓延しているらしい。角田を責める気は起きなかった。それよりも、聞くべきことがある。


「殺されたのは誰なんですか」

「……貴方が聞き込みをしてた川越さんってひといたでしょ。あのひとの旦那さんだよ」

玄関に置かれた男物の靴と、それを隠すように扉を閉めた川越の笑顔が浮かぶ。同居人は何日も帰ってこないこともままあると言っていた。

「……川越さんには旦那さんを殺害する理由があるんですか」

「あると思う。旦那さんはお隣の佐倉さんって綺麗な女のひとと浮気してたから。住民ならみんな知ってるよ。知ってて黙ってる」

眩暈がするような話だ。納戸は眉を顰め、吸いさしの煙草を折った。

「一個聞きたいんだけど、川越って本名？」

「わかんない。あそこは偽名を使ってるひとも多いから」

「じゃあ、殺された奴はどんな男だった？」

「四十代くらいだと思うけど……若く見えるけどもうちょっと上かな。スーツ着て仕事に行ってるみたいだったけど、サラリーマンじゃないと思う」
年齢も、職業も、俺の父と重なるところはある。沈鬱な空気が流れ、喫茶店に響くインストゥルメンタルの音楽だけが鼓膜を衝いた。

角田は泣きそうな顔で頭を垂れた。新たにTシャツについたケチャップのシミが血痕のようだった。

「最悪だよね。私もそうだけど。うちに住んでるのは普通に家を借りられないひとばっかりだから。こういう言い方よくないけど、ただ貧しくて可哀想なひとだけって訳じゃないんだよ。こうなってもしょうがないかも」

「殺されていい理由にはなりませんよ」
俺は喉の奥から声を絞り出す。

「善人じゃなくても、悪いことをしていたとしても、挽回の機会もなく人生を奪われていいことにはなりません。本来ならあそこで生活を立て直して、新しい道を歩めたはずなのに、あの共同住宅は這い上がれない場所に住人を縛り付けている……あってはいけないことだと思います」

角田は面食らったように苦笑した。

「そんなこと言ってくれるひと初めて」

俺たちは首を振り、俺は手をつけていなかったピザトーストを齧る。冷えた硬いパンは喉を下るのも難儀し、油が胃の底に張りつくようだった。

店を出ると、角田は痙攣するように小さく頭を下げた。

「ありがとう。奢《おご》ってもらっちゃって……」

「こちらこそお話ありがとうございました」

彼女は自分の服を見下ろし、初めて汚れに気づいたように手で擦った。

「前はお母さんと一緒に住んでたんだけど、お母さんいなくなっちゃって。私、馬鹿だからちゃんと働けないし、一生ここで暮らすのかなって思ってた。でも、守屋さんたちと話してやっぱりおかしいって気づいたの。もうちょっと頑張ってみようかな」

「それならよかったです」

痛々しい表情を和らげたくて、俺は納戸の肩を押し出す。

「こういうひとでも一応働けているんですから大丈夫ですよ」

「どういうひとって言いたいんだよ」

納戸が俺の脛《すね》を蹴ると、角田は小さく笑った。

帰り際、角田は振り返って言った。

「そうだ、あの家の運営のひとのこと知りたいんだよね？」

「何かわかることがあれば些細なことでも教えてください」

俺が答えると、彼女は首を傾げてしばらく考えた後、呟いた。

「昔、ここのメンテナンスに来たひとたちが言ってたの。『六つ維持しておかなきゃいけないから、新しいものを造らなきゃ』って。何のことかわからないんだけど」

先のマンションの公園から見つかった定礎板には、ハザマ建築の名と共に「三」の字が記されていた。角田の言葉が正しければ、彼らが関与しているヤシキガミ団地は六軒あることになる。それ自体も問題だが、何より不明なのは目的だ。

俺は角田の消え入りそうな後ろ姿を見送った。


俺と納戸は駅前ロータリーの喫煙所に入り、パーティションにもたれかかって往来を眺めた。昭和然としたタイルアートの壁が、商店街に流れるひとびとを見守っている。

沈黙の中を煙が漂い、埃の粒が光り輝く。

俺は口を開いた。

「納戸さんは俺の父を知っているんですよね」

「……まあね」

「あの腕時計、父がつけていたものと同じでした」

「そうだったね。でも、お前の父親があの共同住宅にいたとは限らないよ」

「でも、あんなデザインのものは他に見たことがありません」

「お前は知らないかもしれないけど、あの腕時計はオカルト雑誌の創刊記念プレゼントだったんだ。雑誌自体売れなくてすぐ廃刊になったけどね。オンリーワンの代物じゃないよ」

納戸は手を振った。指先に煙草の煙が糸のように絡み、手の動きを追った。

俺は納戸の前に回り込み、正面から見据える。

「納戸さん、貴方は父とどういう関係だったんですか」

「浮気を問い詰めるみたいな言い方やめろよ」

納戸は唇の端を吊り上げたが、冗談で誤魔化せないとわかると、深く煙を吐いた。

「……大昔の話だよ。俺が中学生か高校生だった頃だ。地免師としてヤシキガミ団地を調査してるとき、守屋さんがたまたま幽霊屋敷の取材に訪れて出会《でくわ》した。そこから交流が生まれたんだよ」

「父とですか……」

「お互いちょうどよかったんだ。守屋さんは記事にするための幽霊屋敷をたくさん知ることができるし、俺も取材の同行者のふりをすれば仕事がしやすくなる。何年間かそうして一緒に活動したかな」

俺はマンションで見た納戸と父の幻覚を回想する。やはり、あれは実際にあった光景なのだろう。俺の父が納戸と過ごした時間は、もしかしたら、俺と過ごした時間よりも長いかもしれない。


「では、父が消息を絶ったことに関しては……」

「それは俺も知らない。あくまで仕事上の関係だったから、毎日べったりくっついてた訳じゃないんだ。どこかに長期間取材に行ってるんだと思ってたけど、それ以来音信不通だ」

「それは納戸さんが地免師として役所と関わることをやめたのと関係がありますか」

「ないと言えばないけど、あると言えばある」

納戸は肩を竦めた。

「お前の父親は優秀なオカルトライターだったよ。危険を嗅ぎ分ける嗅覚も優れてた。守屋さんほどのひとがもしヤシキガミ団地と関わって何かよくないことが起きたなら、俺だって危ないかもしれない。だから、やめたんだ」

「俺にも調査班をやめろと言いましたね」

「そりゃあね……守屋さんはよくお前の話をしてたよ。大事な息子だったんだろう。お前を巻き込んだら守屋さんに申し訳が立たないよ」

納戸は顔を背け、腕時計を見た。

「公務員は残業できない。もう帰ろう」

「まだ五時にもなっていませんよ」

俺の苦言に構わず、納戸は銀色のスタンド式灰皿に吸殻を放り込んだ。

俺とも納戸とも関わりを絶った父は今どこにいるのだろう。あの死体が父だとは思いたくなかった。


納戸と別れて電車に乗ると、窓から差し込む夕陽が俺の肩に覆い被さった。憂鬱がのしかかってくるように思える。あの共同住宅は俺の封印したい過去を抉《えぐ》り出し、胸の古傷を柔らかい爪で引っ掻くようだ。

漏れそうになる弱音を堪えて顔を上げる。窓に疲れた俺が反射していた。俺が仕事から逃れられないように、あそこの住民も家から逃げられない。やるべきことは変わっていないはずだ。異変を調査し、解決する。

この仕事に就いたとき誓った、「父のようにならない」という心情は萎れかけていた。父への恨みより、郷愁が勝り始めていたからだ。

今回の調査を進めれば父のことについて何かがわかる。それを目標に進むしかない。


翌朝の明け方、スマートフォンの着信音で目が覚めた。赤家からだった。

まだ空は暗く、カーテンを透かして藍色の闇が滲み出している。俺は電話を取り、寝起きの掠れた声を咳払いで誤魔化した。

「おはようございます……緊急事態ですか」

赤家の声はいつもと変わらず落ち着いていたが、どこか切羽詰まった響きがあった。

「こんな時間にすみません。守屋さん、ご無事ですか」

「はい……何かあったんですか」

「今しがた警察の方から連絡がありました。また例の共同住宅で焼死体が発見されたそうです」

眠気でぼやけていた頭が一気に覚醒する。全身の血が素早く身体を駆け巡り、急に上がった血圧のせいで吐き気がした。乾き切った喉を摩り、何とか声を出す。

「遺体の身元は……？」

「まだ詳しいことはわかりませんが、若い女性だそうです」

後頭部を殴られたような衝撃が走った。不穏な予感が脳を満たす。

「守屋さん？」

「すみません、ちゃんと聞いています」

「あの共同住宅に関わるのは危険かもしれません。納戸さんにもこれから連絡しますが、詳細がわかるまで現場に向かわないでください」

「放置しろと言うんですか」

「今行っても彼らの二の舞になるだけかもしれないということです。対策を立てて出方を考え直しましょう。被害が出ないよう……」

「被害ならもう出ています」

赤家が何か言いかけていたが、俺は通話を切った。冷水で顔を洗い、洗濯カゴから昨日のシャツを取り出し、椅子の背にかけてあったスーツの上着を羽織る。なりふり構っている暇はなかった。

死体が角田でないことを祈りつつ、俺は青ざめた顔で駅に向かい、始発電車に飛び乗った。

まだ眠りについている街は静かで、人類が滅んだ後の光景のようだった。飲食店のシャッターはピッタリと閉じられ、コインパーキングに並ぶ車は夜明けの空を車体に映して虫のように固まっている。

木造家屋が犇《ひしめ》く通りを抜け、垂れ下がる電線の下を進むと、孤独と焦燥が押し寄せる。路地の角を曲がったとき、見知った顔が見えた。納戸も昨日と同じシャツを羽織り、結んでいない髪を肩で弾ませていた。

「納戸さん！」

ようやく見つけた姿に少しだけ緊張が和らぐ。納戸はいつにも増して血色の悪い顔を擦った。

「お前、ひどい格好だね」

「今の納戸さんに言われたくないですよ」

「赤家から話を聞いてきたのか」

「はい、遺体が見つかったそうで……納戸さんも来てくれたんですね」

「くれたって何だよ。お前のために来た訳じゃない。ヤシキガミが暴れてるなら俺しか対処できないだろ」

俺たちは歩調を合わせ、先を急いだ。薄い青の濃淡の空の下に、赤い光の波が広がっていた。共同住宅の前には昨日と同じく、パトカーと救急車が群れをなしている。今日の野次馬は少なかった。数人の住人と、サイレンを聞きつけた近隣の人々が遠巻きに騒ぎを見守っている。

俺は警察官たちの間から昨日の刑事を探した。頭ひとつ抜けた色黒の顔が見え、俺は足早に近づいた。

刑事は俺たちを待っていたように黄色いテープを上げて、中へと促した。空気がべたつき、微かに焦げ臭いにおいがする。何日も洗っていない髪のような、脂ぎった風が漂ってきた。

刑事は俺と納戸の前に進み出し、狭い外廊下を歩き出した。

「昨日の今日でこれとはな。お前たち、まだ調査を続けるのか？　捜査体制を変えて大々的に捜査班を組む事案だぞ」

「皆さんの邪魔はしません。状況を教えてください」

進むごとに濃厚になるにおいに鼻を覆う。死の気配が顔中の穴から侵入してくるようだった。

「被害者は……」

廊下の奥の部屋の扉が開いている。暗い影のせいで表札の文字は読み取れなかった。

「今回は身元がすぐわかった。遺留品の中に保険証があったからな」

刑事は懐からビニール袋に包まれた、小さなプラスティックの板を取り出した。袋の中は泥を詰めて振ったように黒い飛沫で汚れていた。

保険証の小さな文字を読み取れたとき、目の前が暗くなった。

「角田春香《はるか》、二十歳、家族はなし。病院で死亡が確認された」

刑事の声が脳内で何度も反響した。

角田の姿が浮かぶ。痩せた腕を寒そうに擦り、住民の視線を気にしていた姿。共同住宅で行われていたことを語る泣きそうな顔。初めて服の汚れを恥じた子どものような笑顔。もう少し頑張ってみようと言ったばかりなのに。

俺は口を覆っていた手で顔中を掻き乱した。刑事が驚いて目を見張る。俺のせいだ。俺が話を聞いたことが住人にバレて、角田は消されたんだ。もしくは、ここを出て行こうとしたとき、住民が口封じのために殺したのかもしれない。俺が中途半端に口を出し、責任を取れもしないのに背中を押したせいで。

「俺のせいだ……」

崩れ落ちそうになる足元に、鈍い痛みが走った。後ろを歩いていた納戸がもう一度俺の足を蹴る。

「馬鹿かよ。お前が殺したのか？」

「俺が死なせたようなものでしょう……」

「ようなものなら殺してないってことだろ。犯人は別にいるんだよ。そいつらを野放しにしてへこたれてていいのかよ」

納戸は俺を見つめていた。黒い目には静かな怒りが宿っていた。ここで折れたら、父の消息も、角田を殺した奴らも全てが有耶無耶になる。俺はもう一度顔を擦って姿勢を正した。

刑事が俺に同情の目を向ける。

「気持ちはわかる。俺たち警察も同じだ。事件の真相を追うことはできても、未然に食い止めることは難しい」

「……俺と納戸さんならできます」

納戸が小さく口角を上げる。刑事は俺の言葉を肯定も否定もせず、励ますように肩を叩いて去った。


外廊下の奥に住人たちが溜まっていた。こちらを窺うような視線。口元には昨日と変わらず笑みが張りついていた。川越と佐倉もいる。悲しみが怒りに変わった。俺が歩み寄ると、彼らは取ってつけたように会釈した。

「どうも。朝早くから大変ですね」

ひとひとりが死んだとは思えない朗らかな口調だった。俺は感情を押し殺して短く告げる。

「角田さんが亡くなったそうですね」

住民は顔を見合わせた。

「まだ若いのに可哀想にね」

「本当に。お母さんを亡くしてからひとりで頑張ってたっていうのに」

川越と佐倉は姉妹のように頷き合う。

「でもねえ、あの子はちょっと問題のある子だったから。ここに住んでるひとの中じゃ珍しいくらい排他的っていうか」

「ちょっと気持ちが落ち込んでるみたいで危ういところもあったし、昨日の事件を見て魔が差しちゃったのかもしれませんね」

「もうちょっとみんなと協力してくれていたら、気づいて止めてあげることもできたんですけどね」


白々しい声だった。俺は拳を握り締める。刑事にこいつらを逮捕しろと言いたかった。だが、立証できるはずがない。俺たちがやるべきことをやらなければ。この共同住宅のどこかにヤシキガミがいるならば、こいつらのことも容認しているんだろうか。守るべき住人として願いを叶えているんだろうか。


ふと、納戸の姿が見当たらないことに気づいた。住民を掻き分けて彼を探すと、廊下の最奥の暗がりに佇んでいる後ろ姿が見えた。

「納戸さん、どうしたんですか」

外から差し込む僅かな光は朝の色に変わっていたが、隅にはまだ夜の暗闇が滞留している。首筋に触れる空気は死人の肌の温度だった。

納戸は足元を見下ろし、何とも言えない顔で呟いた。

「角田が最後に暴れたみたいだね」

俺は視線を下ろす。気泡が入った杜撰《ずさん》な塗装の廊下に、デジタル時計や化粧品の瓶が散らばっていた。古びた不用品回収ボックスは壊れ、上下逆さにひっくり返っている。灰色の側面は鋸《のこぎり》か何かで途中まで切り付けたようにジグザグの裂け目が入っている。段ボールの張り紙は千切れ、破れた側面にへばりついていた。

角田は全ての元凶の箱を壊そうとしたのだろう。これさえなければ皆が元に戻ると思ったのか。不用品回収ボックスを破壊している最中、住民に見つかり、口論の末、揉み合いになって殺されたのか。

不器用な微笑みが目に浮かんだ。


「納戸さん、これがヤシキガミの本体ですか?」

「どうかな。違うと思う。上手く説明できないけど、近くにはいるけどここじゃないような気がする」

「でも、異変の元凶は不用品回収ボックスですよね?」

納戸が唸る声に、室外機の音が重なる。天井を縦横無尽に走る配管から暴風の音が漏れていた。中で獣が暴れ回っているようだ。

そのとき、視界の端を赤い光が過ぎった。乾き切った風が吹き付ける。目が痛くなるような熱い空気だった。今しがた火葬を終えたばかりの焼却炉が開かれ、熱波と共に砕けた骨と灰の匂いが押し寄せたようだ。

何重にも影が重なって仄暗いはずの廊下に眩しい光が差した。赤い光球が膨らみ、納戸の輪郭を黒く縁取る。じり、と服の繊維が焦げる音がした。

「納戸さん！」

俺は納戸の腕を掴んで引き倒し、廊下に伏せた。高温の風が俺の背を駆け抜ける。床に広がる納戸の髪が一筋、煙を上げた。

熱が徐々に消え、俺は立ち上がる。納戸はまだ床に倒れて呻いていた。

「すみませんでした」

「これだから体育会系は嫌なんだよ」

減らず口を叩く納戸の顔に焦りが見えた。長い髪の毛先はアイロンを押し当てたように溶けて固まっていた。

「今のは何だったんですか……」

「ヤシキガミだ」

納戸は埃を払って身を起こし、自嘲の笑みを浮かべる。

「やる気みたいだね。ここの住民の不和を乱す者を不用物として排除する気なんだ」

「不用品回収ボックスは壊れたのに、ですか」

「やっぱり本体じゃなかったんだよ。とっとと元凶を突き止めよう。じゃないと、明日の朝、屋上で見つかるのは俺たちだ」

俺は唾を飲み込んだ。外廊下には暗い影が戻ってきている。だが、またいつ炎が押し寄せてくるかわからない。急がなければ。

俺たちが一歩踏み出したとき、どこからか錆びついた刃物を研ぐような音が聞こえた。いくつもの音が重なり合い、不気味な響きがこだまする。

「これもヤシキガミの仕業ですか」

「どうかな。ひとの仕業かもしれない」

納戸は顔を顰《しか》めた。廊下の奥から突如壁が出現し、ゆっくりと押し寄せる。光が徐々に遮られていく。防火扉だ。住人たちが防火扉を閉め、俺たちを閉じ込めようとしているんだ。

暗がりにまた赤い光が走った。外廊下に取り付けられた室外機がガタガタと揺れ、熱で膨張したように歪む。轟音を立てて風除けと羽根が吹っ飛び、室外機の中から炎が噴き出した。

幻覚じゃない。本物だ。熱と光が目を焼いた。俺の真横を掠めた猛火は防火扉にぶつかって掻き消える。鉄の扉には丸い焦げ跡が残っていた。

納戸が俺の手首を掴む。

「急ぐよ」

俺たちは同時に駆け出した。出入り口までの道は塞がれている。進むしかない。俺たちは反対側の廊下へと駆け、一段と闇が濃い内階段の前まで辿り着いた。飛来した何かが頭上を掠め、天井にぶち当たって落下する。真っ黒に焼け焦げた室外機の羽根がカタカタと音を立て、床を転げ回っていた。

ごうごうと風に煽られる炎の音が近づいている。俺たちは急き立てられるように階段を上った。

真っ暗なまま足を進めた。踊り場に辿り着いたことも気づかず足を踏み外しそうになった。硬い段が脛を打つ。

「警察は何をしてるんだ……！　気づかないはずがないのに」

「例のマンションと一緒だよ。異界と化してるんだ。ヤシキガミを鎮めない限り出られない」

納戸は滴る汗を拭った。

「今回は住民の協力も求められそうにないね。俺たちで見つけるしかない」

「見つけると言ったって……」

下の方が眩しく発光した。視線をやると、俺たちが上ってきた階段が赤い波で埋め尽くされている。息が詰まるほどの熱気と、塗装の溶剤が焼け溶ける匂いが迫ってきた。上がるしかないようだ。

俺は手すりに縋って駆け上がりつつ、声を張り上げる。

「このまま上に向かっていいんですか。屋上で焼死体が見つかるんでしょう。このままじゃその通りになるだけでは？」

「うるさいな。そう言ったって他に逃げ場がないだろ。火の海の中を駆け戻れって？」

「わかってますけれど……」

「この共同住宅は相当古いみたいだ。今の建築基準法じゃ許されていないような抜け道もあるかも。希望を捨てるなよ」

「簡単に言ってくれますね……」

納戸は息を切らしていた。足もだいぶ重くなっているようだ。俺は納戸の腕を掴んで引っ張り上げる。

「介護じゃないんだからさ……」

「そんなことを言う元気があるなら自分で歩いてください」

納戸の体重がかかって更に上るのが辛くなる。汗でシャツがへばりつき、インナーにも湿気が染みて不快だった。炎の音はすぐ真下から響いている。

納戸はだらだらと進みながら独り言のように言った。

「ここに来たときさ、ホラー映画とアメリカの事件の話をしただろ」

「今必要な話ですか？」

「聞けよ。貯水槽で死んだ大学生は死ぬ前、監視カメラに映ってて、エレベーターの中で変な行動をしてたんだ。それが面白おかしく書き立てられて話題になってね。いろんな憶測を呼んだんだ」

「それがどうしたんですか」

「角田の噂をしてる住人を見て思い出しただけだよ」

俺は言葉を返す気力もなく項垂れた。足を止めた俺を納戸が追い越す。

「みんな無責任に死んだ理由を喋ってたけど、お前は自分のせいだって思ったんだな」

「責任を感じて当然でしょう」

「当然じゃないよ。本人や誰かのせいにしない奴は貴重だ。死んだ大学生だって、生きてるうちに誰かがそうして耳を傾けようとしてくれれば踏み止まれたかもしれないな」

納戸はわざとスキップするように段差を踏み越えた。

「なんて、守屋さんの受け売りだけどね」

「父の、ですか」

「海外の都市伝説を特集したとき、最後にそういう考察を書き加えていたんだ」

俺は汗の雫を滴らせる納戸の髪を見つめた。

「ヤシキガミは忘れられて怒ってる。それを鎮めるためには耳を傾けることが必要だ。お前にはこの仕事に就いて欲しくなかったけど、正直向いてるよ」

「だといいんですが……」

俺はかぶりを振る。ヤシキガミの本体を探すために今何が必要だろう。推理の材料は少ない。不用品回収ボックスに入れたものが焼け焦げた状態で屋上で見つかる。箱は本体でなかったとしたら、他に有り得るのは何か。

炎が噴出したのは足元からだった。配管が音を立て、室外機を壊して現れた。納戸は不用品回収ボックスを見て、ヤシキガミの気配は近いと言った。


「屋上に本体がいるのかも……」

呟いた俺を納戸が振り返る。

「何でそう思った？」

「配管です。炎は配管を通して室外機から出てきました。屋上にヤシキガミの本体があって、不用品回収ボックスはその真下にあった。だから、怪奇現象の影響下にあったんじゃないですか」

「屋上にあるのは給水塔だよ。炎とは正反対だ」

納戸はそう言いつつ、何かを考察するように首を傾げた。

「いや、有り得るかもしれないな」

「本当ですか？」

「賭けになるよ。負けたらお前のせいだ」

挑発するような笑みを浮かべる納戸に、俺も笑みを返した。

「たぶん、ヤシキガミは納戸さんも見過ごしてくれませんよ」

「嫌なこと言うね」


俺たちは階段の最果てまで行き着き、屋上へと続く扉を押した。

幸い鍵はかかっていなかった。熱気が俺たちの背後を通り抜け、外気に溶ける。屋上から見下ろす街は、今までと変わらない普通の街だった。朝の光が低い木造家屋と電線を照らし出す。

ひとつだけ奇妙なのは、今の時間、通勤のために駅に向かっているはずの人影がひとつも見当たらないことだ。

屋上の中央に、給水塔が鎮座していた。

黄色いテープで巻かれたそれは、鉄柵の覆いが取り付けられ、鳥籠のようだった。納戸は給水塔に駆け寄り、拳を握る。

「正解」

タンクを支える支柱の根元に、正方形の鉄板があった。取手のような小さな突起がある。

「改装される前は焼却炉があったんだ。ここでゴミを燃やして、配管を伝って熱と煙を排出していたんだね」

「じゃあ、これが……」

「本体だ。ヤシキガミのひとつに竈神《かまどがみ》っていうのがいる。台所とか、炎を扱う場所を守る神だよ。怒りの形相を浮かべて歯を剥き出した姿で描かれる荒々しい神だ」


そのとき、扉の向こうからけたたましく何かが駆け上がってくる音がした。薄く開いた扉から赤い光と熱気が漏れ出す。

俺は背を押し付け、扉を閉めた。鉄の扉に熱が伝導し、背中に焼き鏝《ごて》を押し当てられたような痛みが走る。


「亨！」

駆け寄ろうとする納戸を制止する。

「やってください。納戸さんが鎮めれば終わります！」

納戸は唇を噛み締め、給水塔の元に膝をついた。

「まったく忘れられたくせに働きすぎなんだよ、ヤシキガミ。お前が頑張ったせいで住民が頑張らなくなっちゃったじゃないか。挙句に自力で立ち上がろうとした奴の未来まで奪ってさ」

鉄の扉がガタガタと揺れ、熱が更に上がる。シャツに滲んだ汗が湯気を上げて蒸発した。

納戸の額からも冷や汗が伝っている。彼は手を合わせ、目を薄く閉じた。

「夫神《それかみ》は天地《あめつち》開闢《ひらけ》て此方《このかた》唯一《ゆいいつ》にして御《み》形《かた》なし。虚《きよ》にして霊有《れいあり》　私《わたし》を親《した》しむ家《いえ》を守護《しゆご》し　年月日時《ねんげつじつじ》　災無《わざわいな》く夜《よ》の守《まもり》　日《ひ》の守《まもり》　大成哉《おおいなるかな》　賢成哉《けんなるかな》」

非常階段を焼き尽くす炎は、扉越しでもわかるほど唸りを上げていた。怒りの咆哮に似ていた。熱と痛みに耐え、俺は扉を押し返す。

納戸は顔を上げ、給水塔を見上げた。

「屋《や》敷神《しきがみ》秘《ひ》文《もん》、慎《つつし》み白《もう》す」

身を焼く炎の熱が消えた。早朝の陽光が屋上を満たしていく。

眼下を見下ろすと、共同住宅を包囲する警察の群れが見えた。路地には店の裏口からゴミ袋を抱えて出てきた店主や、トラックを停めてビルに機材を搬入する業者の姿があった。現実に戻ってきたようだ。

俺は自分の背中を顧みる。あれほど焼かれたはずなのに、火傷は一切なかった。

納戸は疲れ果てた顔で座り込んでいた。俺は肩を貸して立ち上がらせる。

「大丈夫ですか」

「大丈夫じゃなきゃ今頃死んでるよ。疲れただけだ」

ヤシキガミを鎮めた後だというのに、納戸の表情は浮かない。視線は焼却炉があったらしき、鉄板に注がれていた。目を凝らさなければわからないほど小さな字が彫り抜かれている。

「ハザマ建築」「五」。鉄板の下部には、蓮の花のようなモチーフが刻まれていた。

「ハザマ建築……」

「ヤシキガミはひとを害さない。やるのはいつだって人間だ」

納戸は暗い声で言う。

「ここの住民も法では裁かれないんだろうね」

俺は答えることができず、納戸の肩を支える腕に力を込めた。

俺たちは非常階段から地上へと下りた。外廊下から住民たちが両目を光らせてこちらを窺っていた。警察の包囲網を抜け、あの刑事が何かを問いたげにこちらを見ていたが答える気力はなかった。


役所に帰ってから報告を終え、帰宅して死人のように眠った。父の夢は見なかった。結局、遺体のことはわからずじまいだった。

目覚めると、赤家からのメッセージが届いていた。今日は土曜日で休日のはずだと思いつつ、通知画面を開く。納戸からの伝言を預かったらしい。

指定された待ち合わせ場所は、一昨日、角田から話を聞いた喫茶店だった。一昨日まで生きていたのにと思うと、また胸が痛んだ。

ガラスで区切られた喫煙席に入ると、クリームソーダを前に納戸が座っていた。

「どうしたんですか。納戸さん」

「いいニュースと悪いようでいいニュースどっちから聞きたい」

「休日に呼び出しておいてやめてくださいよ」

答えるまで話す気はないらしい。俺は店員にコーヒーを頼んでから納戸の前に座る。

「悪いニュースから」

「悪いようでいい方だな。今日テレビかネットニュースは見たか？」

「いえ、まだ……」


納戸はスマートフォンをスクロールしてニュースサイトを俺に見せ付けた。

俺は目を見張る。ニュース速報はとある共同住宅の火災を伝えていた。深夜零時に出火した炎は全棟を包み込んで燃え盛り、消火まで二時間かかった。出火元も犠牲者の数も不明。事件現場となった共同住宅は数日前から変死体が発見されるなどの事件が起こっており、警察は一連の事件の関連性も含めて捜査を続けているという。

暗がりに聳《そそ》り立つ炎の巨塔が写真に写っている。あの共同住宅だ。


「何故……ヤシキガミは鎮まったんでしょう？」

「ヤシキガミの特性を思い出せよ。不用品回収ボックスに捨てられたものはその日の深夜、屋上で焼け焦げた状態で見つかる。タイマーがセットされてるようなものだったんだろう。昨日のうちに捨てられたものは燃やすことになってたんだ」

「でも、不用品回収ボックスは破壊されてものを入れられる状態じゃありませんでしたよ」

「角田が最後に頑張ったんだよ」

納戸は皮肉な笑みを浮かべた。

「あの不用品回収ボックス、ひっくり返ってただろ。共同住宅全体を不用品として捨てたことにしたんじゃないか」

「そんな……」

「角田の母はいなくなったんだってね。あいつらの誰かに殺されたのかもしれない。復讐を果たしたんだ」

最後に頑張ってみるとは、そういう意味だったのか。未来に踏み出すつもりがあったかなかったかはわからない。ひとつ確実なのは、過去の清算を済ませなければ進めないと思ったのだろう。その結果、自分が死ぬことになってもよかったというのか。

「自分のことを馬鹿だと言ってたけど、なかなか賢い女だったよ。ヤシキガミの特性を利用して思い通りに動かしたんだからさ」

「それが悪いようでいいニュースですか」

「喜べよ。あの娘はやりたいことを成し遂げたんだ」

「喜べませんよ。その力があればこれから生き抜くこともできたのに」

「真面目だな」

納戸はクリームソーダのアイスを掬《すく》い、口に運ぶのをやめて頬杖をついた。


「いいニュースを聞きたくないか？」

「本当にいいニュースですか」

「疑う気かよ。画面をスクロールしてみな。記事をブックマークしておいたから」

俺は言われた通り、スマートフォンをなぞる。火災の大々的な報道の下には短いニュースの記事があった。

共同住宅の給水塔で見つかった死体の身元が判明したらしい。川越何某、四十二歳。被害者の写真が掲載されていた。俺は食い入るように画面を見る。ニュースの下部に載せられていたのは、若作りの男の写真だった。どんぐりのような目も、大きな唇も、父とはまったく違う別人だった。

「守屋さんじゃなかったね。すぐ廃刊になったオカルト雑誌の読者プレゼントを愛用する人間が守屋さんの他にいたとは思わなかったよ」

「俺もですよ」

「守屋さんは読者が減ったことを悲しむかな」

俺は大きく息を吐き、納戸にスマートフォンを返した。父は死んでいない。あの共同住宅で禍々《まがまが》しい住人たちに加担してもいなかった。胸に重くつかえていたものがようやく取れた気がした。

納戸はクリームソーダを啜り、俺を指さす。

「お前はもうちょっとろくでもないホラーやオカルトに触れた方がいい。調査にも役立つはずだよ」

「目が曇るだけでは？」

「ちょっと甘やかしたら言うようになったね」

俺は無視して運ばれてきたコーヒーに口をつけた。

「亨、ホラーは不謹慎で事件や死人を冒涜するから嫌いか？」

「全部が全部そうとは言いませんが……納戸さんはいつも超常現象と向き合っているのに

フィクションでも恐怖を感じたいんですか」

「そういうものにしか救われない人間もいるんだよ。他人に言ったところで共感されないものを抱えている人間は、有り得なくて馬鹿馬鹿しくてろくでもないものに救われるんだ。ろくでもない人生の誰にも言えない叫びを共有してくれるから」

俺は納戸を眺めつつ、やはり彼の方が実の息子のようだと思う。俺が同じ気持ちを共有できていたら、父はいなくならなかっただろうか。

俺は邪念を振り払った。

「とにかく、あの遺体が父じゃなかったことがわかってよかったですよ。そのうち帰ってくるかもしれないと希望が見えました」

「希望か……」

納戸は黙り込み、俺の顔を見つめた。彼もまた、俺の中に父を幻視しているんだろうか。

調査file 3:

還るエレベーター

だんだんと新宿の猥雑で賑やかな通りにも慣れてきている自分がいた。

昼間から学校をサボっているらしい高校生がＶＲゲームに興じるゲームセンターがあるかと思えば、聞いたこともないような監督の映画のオールナイト上映を観終えた人々が小さな映画館から眠い目を擦って出てくることもある。

俺が自分に言い聞かせていた真っ当な社会人らしい暮らしとは違っても、それぞれの人生を生きている人間がいる街だ。


俺は坂道を下り、仕事を終えたホステスやホストがコンビニ袋を提げて行き交う歓楽街を抜ける。犇くビル群の一角、階段を上ったところに巨大な神社があった。花園《はなぞの》神社。新宿の真っ只中にあるとは思えない場所だ。赤く荘厳な社《やしろ》と、緋色の燈篭《とうろう》が、昼の光に、燦然と輝いている。

赤家はペットボトルの紅茶を片手にベンチに腰掛けていた。

「お疲れ様です。急に外へ呼び出してすみません」

「構いませんが、事務所にいなくて大丈夫ですか」

「調査で外出すると言ってありますので」

俺が隣に座ると、赤家は無糖のコーヒーを差し出した。礼を言って受け取る。高級マンションで消えたきり未だ音沙汰のない市川も、こうして隣に座ってコーヒーを渡してくれたことを思い出した。

赤家は風にそよぐ木々を眺めて目を細めた。

「面白いところでしょう。都会のど真ん中に大きな神社があるなんて。もう少ししたら大々的に酉《とり》の市が行われるんです」

「酉の市ですか。商売繁盛を願って熊手を買う祭りですよね」

「商売人以外もたくさん訪れます。日本最後と言われる見世物小屋が見られる場所でもありますからね。ご興味は？」

俺が言い淀むと、赤家は小さく微笑んだ。俺は誤魔化しついでに大きく仰け反って社を見上げる。

「ここはちょっとした異界ですね」

「異界ですか……」

赤家は黙りこくり、ペットボトルのキャップを見下ろした。日差しの下で見ると、目の下のクマとこけた頬が更に目立つ。俺は赤家が実地調査に出るところを見たことがないと思った。

赤家は緑の中で際立つ朱の社を見つめて言った。

「守屋さんにちゃんとお伝えしなければいけないと思っていました。ハザマ建築のことを」

ハザマ建築。ヤシキガミを利用し、人為的に怪奇現象を起こす建造物を造り続けている謎の組織だ。赤家の反応からして、ほとんど情報を掴めていないものだと思っていたが、彼女の横顔には重たいものを抱える苦渋が浮かんでいた。

「十年ほど前。私がヤシキガミ団地調査班に着任するより昔の話です。当時の調査員たちがハザマ建築の名を知り、警察組織と連携して秘密裏に大規模な捜査を行ったことがあるそうです」

「それほど真相に近づいていたんですか?」

「真相に近づいたと言えるかはわかりません。調査員でも警察組織内でも多くの行方不明者と少数の死亡者が出ました。これ以上は組織の運営に支障をきたすと上から命じられ、結果的に捜査は打ち切られました。先の共同住宅で守屋さんに便宜を図ってくれた刑事さんがいたでしょう? 彼は当時を知る数少ない方です」

俺は口を噤む。それほど大規模な捜査が行われながら、全てが水泡に帰したとは。

「それ以来、何の調査も行われなかったんですか。ハザマ建築は野放しのままだったんですか」

「十年前の調査には数人の地免師も参加していました。そのお陰でヤシキガミ団地の多くが沈静化し、しばらくはハザマ建築の名を目にすることもなかったんです。我々は事態を鑑みたハザマ建築が着工をやめたと考え、緊急の危険性はないと判断しました。妥協とも言い換えられますが」

赤家は沈鬱な面持ちで首を振り、言いづらそうに唇を動かした。

「調査の最中に被害を受けた地免師の中には、納戸斎竹の両親もいました」

俺は息を呑む。納戸が役所との連携を絶ったのは、自らの両親を犠牲にしても何も掴めず諦めた組織への失望からか。俺の考えを察したように、赤家は頷いた。

「それ以来、納戸は我々と関わることはしませんでしたが、自力でハザマ建築の調査を続けていました。ヤシキガミ団地調査班に着任した私は、彼に関する話を聞いてから、私的に資金援助を行っていました。これをバラされると私は公務員をクビになるのでご容赦を」

冗談のように告げる口調はいつも通り淡々としていたが、その裏にある罪悪感は痛いほど伝わった。赤家は薄い唇を開きかけ、かぶりを振る。

「守屋さんが長年音沙汰がなかったハザマ建築に関しての情報を掴み、納戸と協力したと聞いたとき、止まっていたときが動き始めたような気がしました。見ないふりをしてきたものに決着をつけるべきときが来たかと」

「今の話を聞いて、俺もそう思いました。警察と連携しても実体を掴めなかった組織に対して、できることは少ないかもしれませんが、今やらなければ新たな犠牲者が出るかもしれない」

「そうですね。ただ、それだけではないんです。守屋さん、貴方が調査班に来たことが重要なんです」

「俺が来たことが、ですか」

俺は言葉の意図を読み取れず、繰り返す。赤家は首を垂れ、足元を見下ろした。俺たちを見つめる赤い大社から顔を背けるようだった。

「我々は情報を得るために、一般的には眉唾ものとされる媒体も見ています。SNSで喧伝される陰謀論や、動画サイトにアップロードされた心霊スポットのライブ配信。オカルト雑誌の記事もそのひとつです。特にヤシキガミ団地に関して正しい知見を持っていると思われる人々には、我々の方から接触することもあります」

俺は固唾を呑んで言葉の続きを待った。

「守屋さん、貴方のお父様は我々の協力者のひとりでした。彼は納戸と我々の中間に立ち、ハザマ建築について調査しながら実体を追っていたんですよ」

木の葉をそよがせる風の音が止まった。父はヤシキガミ団地だけでなくハザマ建築についても知っていたのか。俺の父が消えた時期と大規模捜査が行われた時期は一致する。納戸も当然それをわかっていたはずだ。彼は何も知らないと言っていたのに。

呆然とするばかりの俺に、赤家は首を横に振った。

「貴方がここに配属されたのは本当に偶然だったと思います。守屋さんのお父様の存在は役所の公的記録に残っていません。上層部が知る由はありませんから」

「納戸さんは俺の父が真相に近づいていたことを知っていたんですよね？」

「はい。真実を告げなかったのは貴方をヤシキガミ団地の調査から遠ざけたかったからでしょう」

「遠ざけたいからって……俺はとっくに巻き込まれてますよ」

「ですから、真実を伝えようと思いました」

赤家は唇を固く引き締め、俺を直視した。痩せた肩の向こうに覗く赤い社が霞んで見えた。赤家は鞄から一冊の本を取り出す。土地の登記簿のようだったが、ひどく古く、端がほつれて解けそうだった。資料の山の中にあったもののひとつだろう。

「先日高級マンションの一件があってから警察に捜査を依頼したところ、新たにハザマ建築の文字が見られる場所がありました。見てください」

俺は注意しながら本を開く。埃が舞い上がり、印刷の霞んだ地図が現れる。

「十年前の調査を行った当時、ハザマ建築が着工したと見られる建物は首都圏の各地に点在していました。しかし、今回見つかったものはどれも東京都内です。そこには有名な場所もありました」


ページを捲ると、広大な建物の白黒写真があった。堅牢な塀で囲まれている。刑務所のようだ。その次のページには画質の悪い写真が貼り付けられていた。角の取れた古い石碑が民家の陰に鎮座している。刑死者慰霊塔。

「市ヶ谷刑務所ですか」

「はい。かつての東京監獄です」

ページの下部には真新しい写真が貼り付けられている。蓮の花のモチーフと「ハザマ建築」「六」の文字。

波打つ心臓の音を感じながら、ページを捲る手を速める。次は雨垂れで汚れ、蔦《つた》が巻きついた廃墟だった。どこにでもある廃屋だったが、背景には見覚えがあった。ピンクや黄色の看板が路地から迫り出す通りは、歌舞伎町《かぶきちょう》だ。このページの下部にもまた蓮の花のモチーフと「ハザマ建築」「四」の文字があった。


「これ、全部新宿区ですか」

赤家は沈鬱な表情で頷く。

「その通りです。今回発見されたハザマ建築着工の建築物の半数が新宿区に存在していました。我々の存在に勘づき、こちらと同様に、あちらからも包囲網を狭めているのかもしれません」

俺はファイルを握り締めた。多くの犠牲者を出して、あまつさえ、止めようとする俺たちにまで魔の手を伸ばそうというのか。


「守屋さんはお父様のこともあって因縁が深いと思います。これから危険な目に遭うことも辛い思いをすることもある。貴方は調査を降りることもできるとお伝えしたかったんです」

俺は不安げな視線を送る赤家を見返した。

「全部で最低でも六軒あるなら、まだ残りのふたつが見つかっていないということですね」

赤家は目を瞬かせた。

「守屋さん……」

「降りませんよ。父のことも勿論ありますが、それだけじゃない。俺が逃げたところで別のひとが犠牲になるだけです。だったら、今突き止めないと駄目でしょう」

長い沈黙の後、赤家は静かに頷いた。

「貴方ならそう言うと思っていました。ありがたくも哀しくもありますが」

「ありがたがってくださいよ」

俺は納戸のように口角を上げて見せた。赤家は苦痛を堪えるような微笑を返す。

ビル街の中心に広がる神域には清廉な風が流れていた。だが、同じ土地に堕ちた神とそれを利用する人間たちも蔓延《はびこ》っている。

納戸にも呼びかけようと思っていた矢先、彼の方から連絡が入った。役所に来る気はないらしい。

俺は歌舞伎町を抜け、ビルテナント二階の喫茶店に駆け付ける。洋風の店内には本棚があり、古いサブカルチャー雑誌のバックナンバーが並んでいた。やはり煙草の煙が立ち込めていた。

納戸は牡丹《ぼたん》の花を刺繍したシャツの裾を垂らして奥の席に座っていた。俺は向かいに座る。

「このご時世によく喫煙可能のカフェばっかり見つけられますね」

「俺くらいになると店の外装を見ただけで煙草を吸えるかどうかだいたいわかるんだよ」

「そのセンサーをヤシキガミ団地の発見に使ってください」

「お前、日増しに可愛げがなくなっていくね。元々なかったか」

納戸は咥え煙草でスマートフォンを弄ぶ。

「赤家からだいたいの話は聞いた。ハザマ建築が何か仕掛けてくるならこっちも迎え撃つ覚悟だ。お前は？」

「同感です。ただ、本当にハザマ建築は我々ヤシキガミ団地調査班に喧嘩を売るつもりでいるんでしょうか」

「そこなんだよな」

納戸は考え込んで長い髪を掻き上げる。

「ヤシキガミを暴走させるのに一番手っ取り早い方法は不浄を持ち込むことなんだ。つまり、人間の死だよ」

「人間の死……」

「東京は人口が多い分、死人も多い。新宿駅は一日の利用者数が世界一って言われたほどだ。ハザマ建築は俺たちなんか眼中になく、粛々とヤシキガミを暴走させるために尽力しているのかも。それはそれで腹が立つ話だけどね」

右隣の席では高級そうなスーツを着た男が新卒と思しき男女に投資を進めていた。左隣の席ではアニメのキャラクターグッズを机に広げて若者がしきりに議論を交わしている。活気と生気に満ちた街に見えて、その裏で死んでいくものがいる。


納戸は手を叩き、俺にスマートフォンの画面を見せた。

「赤家からの連絡だよ。早速、警察が新しい心霊スポットの情報を掴んだらしい。真面目に警察学校まで出てこんなオカルト捜査をさせられるなんて哀れだね」

「またヤシキガミ団地ですか」

「行ってみなきゃわからない」

俺は表情を引き締める。向こうが仕掛けてくるにしてもこないにしても、俺たちは行かなければいけない。

辿り着いた場所は、灰色の壁が刑務所のように聳える巨大な廃墟だった。壁面にはスプレーで落書きが施され、所々がひび割れている。

「ホテルだったんだってさ。数年前に廃業したけど、権利問題で解体もできてない」

「利用者がいないから怪奇現象の発見が遅れたんですね」

「馬鹿なガキが心霊スポット突撃ってアップロードした動画で見つかったらしいよ。ガキの犠牲に感謝だ」

「死んでませんよね？」

「知るかよ」

納戸は肩を竦め、砕けた自動ドアのガラスを指さした。

「ほら、あった」

白いタイルのロビーへと続く壁の一面、真鍮色の看板の下にレリーフと文字が彫り込まれていた。蓮の花の模様と、ハザマ建築の文字。そして、二の数字。図らずも本命を引き当ててしまった。

唾を飲み込んだ俺に、納戸が苦笑を返す。

「今更ビビったのかよ」

俺は納戸を無視して自動ドアの残骸を押し開け、内部へと踏み入った。

「拗ねるなよ、ガキじゃないんだからさ……」

ぼやきながらついてきた納戸は、ロビーを見渡して言葉を区切った。内部は外からは想像できないほど、かつての光景を保っていた。

紋様が染め抜かれた緋色のカーペットが俺たちを導くように奥へと続いている。隅には木製の机と、ボールペンの跡が線を引く革張りのソファが置かれていた。談話スペースだったのだろう。鈴蘭型のランプには埃ひとつない。

ロビーの奥には無人のカウンターがあり、奥の壁には無数の鍵がかかっている。金の呼び鈴と看板が並んでいた。

「永遠の思い出の一日を……ホテルのキャッチコピーかな」

「随分と綺麗ですね」

「誰かが手入れしてるのかな。それはそれで気持ち悪い」

それ以外にさしたる異変はない。これ以上留まっても収穫はなさそうだ。俺は納戸と並んで歩き出した。カウンターの角を曲がると、一階から客室があった。

「ロビーと同じ階に客室があるなんて珍しいですね」

「土地が狭い場所ではよくあるよ。一階は特に宿泊費が安かったりね」

「そんなものですか」

「貧乏なガキがラブホテル代わりに使うんだよ。この街の何人かはここで作られたかもしれない。ちょっとした工場だな」

「またろくでもないことを……」

呆れつつも、納戸の変わらない態度がありがたかった。

白い廊下には電気も通っていないのに黄土色の光が満ち、等間隔で並ぶ客室の扉を浮かび上がらせている。壁にかけられた奥行きのない風景画が現実感を失わせ、永遠に廊下が続くような底知れない不安があった。

納戸は左右を見渡す。

「liminal spaceだな」

「何ですかそれ」

「知らない？　数年前から話題のネットミームだよ。こういうホテルの廊下とか、室内プールとか、閉店後のゲームセンターとか。ひとがいっぱいいるはずの場所が無人の光景を映すんだ。行ったことがないのにどこか懐かしい、夢の中の風景みたいなやつ」

言われてみれば、不気味な廊下もどことなく郷愁を掻き立てられる。子どもの頃、旅行先のホテルでたまたま両親とはぐれて彷徨った、そんなありもしない記憶が浮かんだ。夕方に学校に忘れ物を取りに行ったときの無人の廊下や、受験の前にひとりで泊まったビジネスホテルなど、記憶の中の何かと結びついているのかもしれない。

「何故、行ったこともないのに懐かしいんでしょうね」

「さあ？　人間の深層心理にあるのかもしれないね」

「こんなに現代的な風景が遺伝子に刻み込まれていますか？」

「知るかよ。だったら、ほら、臨死体験みたいなもんじゃないか。案外死後の世界に行ったらホテルみたいにロビーに並んで受付するのかも」

「変なこと言わないでくださいよ」

沈黙が返る。もう一言二言返してきそうなものだと思ったが、納戸は静かだった。いつの間にか足音すらも聞こえないことに気づく。

「納戸さん？」

振り返ると、彼の姿は消えていた。我が目を疑う。油断していた。ここはヤシキガミ団地、よりによってハザマ建築の建造物だ。異変が起こらないはずはない。

俺は納戸の名前を呼びながら歩き回る。彼の姿はどこにも見当たらない。狭い廊下で隠れる場所などないはずだ。まさか、客室にいるのか。

俺は手当たり次第に扉のドアノブに手をかける。鍵がかかってびくともしない。徐々に忍び出す焦りを押し殺し、廊下を進む。

そのとき、チンと軽い音が響いた。電子レンジが解凍を終えたような電子音だった。

廊下の奥に、奇妙なものがあった。葡萄《ぶどう》の蔦を模した彫刻を施した、白い柵が壁を塞いでいる。目を凝らすと、中に天鵞絨《ビロード》張りの小さな空間があった。ひどく古風なホテルにある、旧時代のエレベーターのようだった。さっきまでそんなものはなかったはずだ。

エレベーターの中に人影があった。俺は警戒しつつ、足を進める。白い柵の向こうにいるのは、深緑色のレトロなワンピースを着た女だった。帽子と手袋を身につけ、腰に白いベルトを巻いている。ボブカットの髪を大きく巻いた髪型も服装も、大昔の絵から抜け出してきたようだ。

女はマネキンのような笑みを浮かべてエレベーターの中で佇んでいる。昔はエレベーターガールという職業があったことを思い出した。

俺が匣《はこ》の前まで訪れると、独りでに扉が開いた。女が手を差し伸べて俺を促す。

俺は唇を引き締め、エレベーターに足を踏み入れた。女はボタンのパネルに向かい合っている。

「ここで何をしている。貴女は誰だ」

俺の問いに答えず、女は微笑を続けていた。

「俺と一緒にいたひとをどこにやった」

女は聞こえていないかのように背を向け、闇雲にボタンを押し始めた。

「聞こえないのか」

俺が肩を掴んでもボタンを押すのをやめない。白手袋の指は無規則なようでいて、ある順番でボタンを押し続けていた。俺は無意識に数字を目で追い、背筋が凍った。俺の生家の電話番号だった。

匣が巨人の手に掴まれて縦に揺らされたように振動する。俺は壁に寄りかかり、衝撃に耐えた。轟音を立てて、エレベーターが下へと動き出す。柵の向こうの壁が滝のように高速で流れていった。

俺は女に怒鳴る。

「何をしたんだ。どこに連れて行く気だ」

女は機械音声のような平坦な声で答えた。

「永遠の思い出の一日を……」

「何だって？」

再び下から突き上げるような衝撃が走った。エレベーターが止まったらしい。ガラガラと音を立てて白い柵が巻き取られる。

向こうに広がっていたのは、畳張りの部屋だった。教科書と分厚いノートを本棚に載せた勉強机が壁につけて置かれている。まさかと思った。女が一礼して俺を外へと送り出す。

俺は戸惑いながら一歩踏み出した。視界の隅で、エレベーターの柵が閉じ、匣が上へと登って消えて行った。

俺は狭い部屋を見回す。空色のカーテン。ハンガーにかけられた学生服。やはりそうだ。俺の家だ。

信じられない気持ちで立ち尽くしていると、襖の向こうから声が聞こえた。

「亨、ご飯だよ」

母の声だった。偽者にしてはあまりに平凡で、記憶の中とまったく変わらない。俺は恐る恐る襖に手をかける。本当に俺の家だとしたら、この部屋の向こうには台所と兼用の居間があるはずだ。怪奇現象に呑まれるなと自分に言い聞かせる。何かしら記憶と齟齬《そご》があるはずだ。この家は俺の家じゃない。そう思い知るための材料を見つけ、納戸と合流して、ヤシキガミを鎮めてここを出る。そのために来たんだろう。

俺は意を決して襖を押し開き、呼吸が止まった。

居間には部屋の狭さに似合わない傷だらけのダイニングテーブルがあった。台所のシンクに並ぶまな板と花柄のキッチンカーテンも、冷蔵庫に貼り付けた今週の時間割も、俺が子どもの頃のままだった。

ガスコンロの前に立つ母が振り返る。

「あれ？　今日は早く出てきたね。いつもみたいに時間がかかるかと思って、まだお米炊けてないのに呼んじゃった」

俺が早めに勉強を切り上げて出てきたとき、母がよく言う台詞だった。全部が記憶の中と同じで、ひとつだけ確実に違う。ダイニングテーブルの椅子に腰掛けているひとだけは。

「父さん……？」

ピラミッドが印刷された胡乱なオカルト雑誌で顔が隠れていたが、それでも父だとわかった。手首には赤と黒のベルトの腕時計が巻かれている。父は雑誌を下ろし、不思議そうに俺を見た。

「亨？　何かあったのか」

「どうして……何でうちに……」

台所から出てきた母が首を捻る。

「何で、ってそりゃいるでしょ」

父が我が家で食事をとったことが何度あっただろうか。父は眉根を下げて笑った。

「どうした、勉強しすぎで疲れたか？　世界史なら教えてやれるんだけどな」

「貴方が教えるのはイエス・キリストは青森で死んだって話とかばっかりでしょ。そんなんだから亨に忘れられちゃったんじゃないの？」

「ひどいな、母さん」

両親は同時に笑う。有り得ないとわかっていた。それなのに、目が離せなかった。ずっと望んでいた光景だった。


俺は自分を奮い立たせ、父に歩み寄った。

「嘘だろ」

父は目を丸くする。

「何が？」

「父さんがここにいるはずがないだろ。お前は誰だ。俺に何をしたいんだよ」

父はにわかに表情を曇らせ、バツが悪そうに額を掻いた。

「そっか、まだ許してくれないよな……」

「誤魔化すな。俺の父親みたいな顔をして」

俺の言葉に、父は寂しげに笑うと、立ち上がって母に声をかけた。

「ちょっとだけ出てくる。米が炊けるまでに戻るよ」

「本当に？　時間気をつけてよ。冷めないように考えて作ってるんだからね」

父は手を振り、玄関へと向かった。靴を履いてから俺を振り返る。俺は少し迷ってから後を追った。


外の光景も記憶の中の団地と変わらなかった。錆びた非常階段と暗い廊下。外に出ると海岸埋立地の道路が広がる。

父は黙ったまま、アスファルトに散らばるハマナスを踏んで進んだ。俺はその後ろを歩く。夜に変わり始める前の赤紫の空が垂れ込めていた。

父は団地の敷地内の公園に入った。俺がいつもふらりと立ち寄る父を待っていた場所だ。父は砂場を横切り、鎖が千切れそうなほど錆びたブランコに腰掛けた。俺は隣に座る。不安定なブランコがぎぃと揺れ、大人の体重に耐え兼ねて軋んだ。

父は煙草を咥え、火をつける。仄かな闇に散る火花が線香花火のようだった。懐かしい煙の匂いが漂った。

父は前を見つめて呟く。

「ごめんな。今まで母さんと亨に甘えてた」

「何の話だよ」

「ずっと寂しい思いをさせてただろ。いつまでも俺を待っててくれてると思って甘えてたんだ。待ち続ける気持ちがどんなものかもわかってなかった」

父の横顔はひどく寂しげで、罪悪感に打ちひしがれているように見えた。風がブランコを揺らし、背中を押す。

父は煙に目を細めた。

「ずっと言わなかったけどな、俺の父さんと母さん、俺の生まれた家で死んじゃったんだ」

聞いたことがない話だった。俺は父を見上げる。

「それから、家族や家を持つのが怖くなったんだ。落ち着いて暮らしてるつもりでも、いつかまた唐突に奪われるんじゃないかって」

「だから、一軒家は嫌いって言ってたのか」

「そうなんだよ。母さんともちゃんとした家庭を持つのが怖くて逃げた。お前からも逃げていた。家を守れる自信がなかったから。でも、父さんの何倍もお前は不安だったよな」

目の前が滲み、夜の色に染まる団地が霞んだ。俺が目頭を拭うと、父は優しく背中に手を置いた。

「遅くなっちゃったけど、もう一回やり直していいかな。一緒に暮らそう」

俺の背に置かれた父の手には、赤と黒のベルトと髑髏の腕時計があった。共同住宅の不用品回収ボックスに捨てられていたものと同じ。父が死んだのかと思ったあのときと、同じものだ。

ぼやけていた視界が鮮明になった。本物の父はここにはいない。忽然と姿を消したままだ。こんな風に帰ってきてくれればいいと思った。今でもここに留まりたいくらいだった。でも、そうしたら、本当の父を取り戻す機会は永遠に訪れなくなる。

俺はブランコから立ち上がる。

「俺は、帰らないと」

「ああ、そうだな。母さんが待ってるから……」

「現実に帰るんだ」

父は瞬きする。事態が呑み込めず、傷ついている顔だった。本物としか思えない表情に胸が締め付けられる。

「亨、やっぱり怒ってるのか」

「怒ってない」

俺は首を振り、踵を返す。これ以上父を見ていたら戻れなくなりそうだった。父の手が俺を引き止めようと宙を掻いたのでさえ苦しかった。

父の声が俺の背に追い縋る。俺は振り返らないよう、前を向いたまま言った。

「嘘でも幻覚でも、そう言ってくれて嬉しかった。現実に戻って、父さんとまた会えたら、今度こそ一緒に暮らそう」

亨、と父の声が俺を呼ぶ。俺は暗くなった団地の敷地の中を歩き続ける。父の声は響き続け、防波堤から聞こえる海の音を掻き消した。耳を塞ごうとしたとき、もうひとつ声が聞こえた。

「夫神《それかみ》は天地《あめつち》開闢《ひらけ》て此方《このかた》唯一《ゆいいつ》にして御形《みかた》なし」

納戸の声だ。父の声よりも、海鳴りよりも強く響き続ける。

「虚《きょ》にして霊有《れいあり》　私《わたし》を親《した》しむ

家《いえ》を守護《しゅご》し　年月日時《ねんげつじつじ》　災無《わざわいな》く夜《よ》の守《まもり》　日《ひ》の守《まもり》　大成哉《おおいなるかな》　賢成哉《けんなるかな》」

俺は納戸の声を頼りに前へと進んだ。

「屋敷神《やしきがみ》秘文《ひもん》、慎《つつし》み白《もう》す」

闇に包まれていた視界に仄かな光が広がる。ひび割れたホテルの天井が映った。背中と後頭部を微かな弾力が押し返す。毛羽だったカーペットの上に倒れているようだ。

「亨、しっかりしろ。亨」

俺の名前を呼ぶ声は納戸のものだった。

「……納戸さんも無事でよかった」

呟いた瞬間、意識が遠のき、俺は眠りに落ちた。

調査file 4:

寿ぐ家

気がつくと、蟻の巣のような穴が開いた白い天井が俺を見下ろしていた。

起き上がろうとしたが、身体が思うように動かない。四方は黄色のカーテンで仕切られ、隙間から柔らかな光が差し込んでいた。俺は白いベッドに沈み込んでいた。左腕には透明なチューブが繋がり、揺らすと点滴の袋が震えた。ここは病院のようだ。


カーテンが開き、いつにも増してやつれた赤家が現れた。

「赤家さん……」

絞り出した声は、自分のものとは思えないほど掠れていた。赤家は身を起こそうとした俺の肩を押し留める。

「安静に。命に別状はありませんが、ひどい脱水症状を起こしていたんですよ」

「脱水……？」

「守屋さんと連絡が取れなくなってから何かあったかと至急探していたところ、納戸から連絡があり、廃ホテルに駆け付けたんです。そこで倒れている貴方を見つけました」

「連絡が取れないって、そんなに長い間は……」

「二日半です。守屋さんは二日半、あのホテルにいたんですよ」

昏睡から目覚めた頭がぐらぐらと揺れた。あそこに入ってから、夢の中の団地にいた間を含めて、数時間も経っていなかったはずだ。あと少し出るのが遅れていたらと思うと、ぞっとした。

そういえば、納戸の姿がない。彼もあそこに囚われていたはずだ。

「納戸さんは？　無事ですか？」

「彼は……よく頑張りました。怒らないであげてください」

赤家は暗い顔で項垂れた。不穏な響きに胸がざわつく。

「まさか、俺よりひどい状況なんですか」

「いいえ、まったく。同じ状況下にいたのに恐ろしいほど元気です。地免師としての耐性でしょうか」

「今よく頑張ったとか言いませんでしたか？」

「ええ、彼にしてはよく頑張りました。貴方が目覚めるまでそばにいようとしていましたが、結局禁煙に耐えかねて外に煙草を吸いにいきました。ろくでなしです」

呆れと安堵が一気に去来し、俺はベッドに倒れ込んだ。

俺が目覚めたことを知った医師と看護師が駆け付け、素早くバイタルをチェックする。異常はないと見做《みな》され、明日にでも退院できるとのことだった。

目まぐるしい検査と問診が終わった頃、煙草の匂いをさせた納戸が戻ってきた。

「生きてたか。やっぱり体力があるね」

「お騒がせしました。それから、ありがとうございます」

納戸は決まり悪そうに目を逸らし、俺を蹴ろうとしてやめる。

「今日は病み上がりだからやめておこう」

「いつもやめてくださいよ」

「殊勝にされても気持ち悪いんだよ。生意気にされてもムカつくけどな」

「横暴ですね」

いつもの調子に思わず笑みが漏れる。納戸はまだ後ろめたそうな顔をしていた。

「そんなに元気なら外出許可くらい出たんだろ。ちょっと付き合えよ。コンビニで欲しいものの買ってやるからさ」

「煙草を吸いたいだけでしょう」

俺は病院着にスーツのジャケットを羽織った格好で病室を出た。

病院から反対車線に渡ったところで、コンビニエンスストアに辿り着いた。入院患者の見舞い客も利用するのか、袋にシャンプーのボトルやタオルを詰めた初老の男や、菓子を買い込んだ若い夫婦が出入りしていた。

幼い子どもが父親に手を引かれてコンビニエンスストアに入っていく。小さな鼻から透明なチューブが覗いていた。


納戸は車止めに腰掛け、入り口の灰皿に煙草の煙を吐きかける。

白く烟《けぶ》る靄の中を、車道のトラックや軽自動車が駆け抜けていく。現実に帰ってきたことを改めて感じた。ふと、疑問に思った。赤家は俺を発見するのに難儀したと言っていた。赤家からの指令で行ったのだから、あの廃ホテルで何かしらの事態が起こったことはわかっていたはずなのに。


納戸は往来を行き交う車を睨み付けるように険しい顔で言った。

「亨、悪かったな」

「別に、納戸さんのせいじゃ……」

「俺のせいなんだよ。赤家からの連絡だって嘘ついてお前を連れ出したんだから」

俺は耳を疑う。

「冗談でしょう?」

「本当だよ。あれは俺が探し回ってるときに偶然見つけた場所なんだ」

「何でそんなことを……」

「赤家がピリピリしてたから、お前がハザマ建築に関わるのを止めるかと思ってさ。だから、断られる前に連れ出した。そのせいで、お前を死なせかけた……悪かったよ」

納戸が微かに項垂れる。ブランコに乗っていた夢の中の父と同じ表情だと思い、煙草の煙も同じ匂いだと思った。

「まあ、助かったんで」

「お人好しだね。騙されるよ」

「納戸さんに騙されたばかりなんですが」

納戸は誤魔化すように肩を竦めた。いつもよりも身体の輪郭が小さく見えた。

「納戸さん、コンビニで奢ってくれなくてもいいですから、代わりに質問に答えてください」

「嫌だけどいいよ」

「俺の父がハザマ建築に関わって消えたこと知ってたんでしょう」

納戸は黙って煙草を強く吸う。灰の中の火が輝いた。

「……知ってたね」

「何故黙ってたんですか」

「守屋さんに言われたんだよ。俺の妻と息子を守ってくれないかって」

「父が……？」

大型トラックが突風を舞い上げ、黒く長い髪を揺らした。

「何で、俺の父が納戸さんに俺たちを託すんです？」

「……お前、団地に住んでただろ」

「そうですけど……」

「俺と守屋さんはヤシキガミ団地を鎮めて回ってた。そのうちにハザマ建築に近づいていった。そこでわかったんだよ。お前とお前の母親が住んでた団地もハザマ建築が建てたものだったんだ」

俺は絶句する。永遠に過去を繰り返すマンションや、物も人間も消し炭に変える共同住宅と同じ、怪奇現象の坩堝《るつぼ》に、俺はとっくのとうに関わっていたというのか。しかも、何も知らずに母とふたりで住み続けていたのか。

納戸は煙草を挟んだ手を俺に突き出す。

「安心しろよ。お前の住んでた団地のヤシキガミは俺が鎮めたんだから」

「そうだったんですか……」

「感謝もしろよ。まあ、しなくてもいいや。でも、とにかく事態はそれだけで収まらなかった。というより、守屋さんはハザマ建築に完全に目をつけられたんだ。俺は地免師だから直接狙われなくても守屋さんは違った」

「父が、ハザマ建築に目をつけられたと？」

「たぶん逃げ切れないと思ったんじゃないかな。俺にお前たちを託してそれっきり音信不通だよ」

身体中の水分が汗になって再び抜けていくような気がした。スーツの下を寒風が突き抜けて全身が震える。

「父は殺されたんですか」

「生きてる。慰めじゃなく、これだけは確実にそう言える。ハザマ建築は絶対に殺しをしない」

「非道な組織なのにそうだと言えるんですか」

「非道だからだよ。あいつらにとって人間は資材と同じ、建物に欠かせない構成要素だ。だから、絶対に殺さない」

安堵と絶望がないまぜになった気持ちが押し寄せる。父が生きているのは良かったと思えた。だが、数々のヤシキガミ団地が起こした事件を目の当たりにした今、死ぬよりもマシな事態に巻き込まれないとどうして言えるだろう。

「赤家だってそうだよ。あいつが実地調査に出ないのは怠け者だからじゃない。逆に働きすぎてハザマ建築に関わりすぎたんだ。あいつの家族も部下も消された」

「赤家さんが……」

「今でも赤家は数ヶ月おきに引っ越して素性を探られないようにしてるんだ。公務員なのに犯罪者みたいだろ」

赤家の目の下のクマと長身痩躯が浮かぶ。彼女も自分の身を危険に晒して戦い続けていたのか。

納戸は二本目の煙草を咥え、吸殻の残り火を先端に押し付ける。魔法のように煙を漂わせ、納戸は首を振った。

「お前、あの廃ホテルでエレベーターに乗った？」

「はい。昔住んでいた団地に辿り着いて、父に会いました」

「お前もか」

「納戸さんも俺の父に会ったんですか？」

あのヤシキガミ団地はそれぞれの思い出の場所を再現するものだと思っていた。納戸なら自分の家族に会うと思っていたのに。


「俺も驚いたよ。自分が気持ち悪かった。それほど執着してたのかよってさ」

納戸は何回も髪を掻き上げる。

「赤家から俺の親父とお袋の話聞いた？」

「大規模なハザマ建築の調査の過程で……」

「そう。地免師としては最高で、実の親としては最悪だったよ。赤の他人のために命を捨てて我が子を置き去りにしたんだからさ」

俺は何も言えなかった。

「守屋さんと会って楽しかったし、どこかで甘えられる大人を探してたんだろうね」

納戸は自嘲の笑みで、鼻から煙を吐いた。

「あの廃ホテルで、俺も守屋さんに会った。たぶんだけどお前が見た幻覚と同じような感じだったと思う。俺はあそこに留まろうと思っちゃったんだよな」

「でも、納戸さんの祝詞が聞こえましたよ。ヤシキガミを鎮めるために動いていたのでは」

「それは、偶然空間が繋がってお前を見たからだよ。お前が守屋さんに決別して去っていくのが見えた。俺は自分が嫌になったよ。実の子があんなにしっかり前を向いてるのに、俺はその子から親を奪って居座ろうとしたんだから」

「納戸さん……」

「あの頃の俺はお前が羨ましかったよ。あんなに親父に想われてるんだからさ」

納戸は大袈裟に手を振る。

「勘違いするなよ。今は違う。さすがにこの年でそんなこと思ってたら怖すぎるだろ」

俺は納戸に並び、汚れた灰皿を見つめた。

「俺はこの年でも納戸さんが羨ましかったですよ。俺の知らなかった父を知り、俺の父と一緒に戦ってた。それなのに、俺は何も知らないどころか、自分を守ってくれた父を恨んでいたんですから」

納戸は頬杖をつき、車道を眺めた。カーブを切った車のテールランプが赤い彗星《すいせい》のように輝いた。

「変なコンビだね。俺たちは」

「まあ、それもいいんじゃないですか」


納戸はまだ後ろめたさを感じているようだった。俺は彼の背を軽く叩く。

「納戸さん、やっぱり奢ってください」

「急に何だよ。別にいいけど。何が欲しい？」

「今じゃなくていいんです。考えておきますから」

「変な奴だね」

納戸はようやくいつも通りの顔で笑った。


退院してから初めて区役所に向かうと、調査班の部屋には赤家だけでなく納戸がいた。

「納戸さん、よく入れましたね」

「どういう意味だよクソガキ」

赤家が淡々と口を挟む。

「二回ほど警備員に止められていました」

「余計なこと言うなよ。あと、飲まない方がマシなカスの紅茶淹れるのやめな」

資料の山が並ぶ机には、色の薄い紅茶が入った三つ分のマグカップが湯気を立てていた。

山積みの資料の中に、Ａ４のコピー用紙をホチキスで留めただけの簡素な冊子があった。

「これは何ですか？」

赤家は一拍置いて答える。

「貴方のお父様が残した、ハザマ建築の資料です」

「父が……」

色褪せて黄ばんだ表紙に鉛筆で記された文字は、確かに父の筆跡だった。俺は冊子を手に取り、感触を確かめる。鉛筆の文字は走り書きで読み取るのが難しかった。

赤家は開いた資料を覗き、指で示す。

「守屋さんはハザマ建築のモチーフが蓮の花、蓮華座《れんげざ》だったことから仏教を手がかりに調査を続けようとしていました」

「オカルトライターらしい視点だよな」

納戸が目を背けて笑う。

「当時の調査では彼の研究を役立てるほどの手がかりがなかったのですが、今回はようやく結びつきました。守屋さん、仏教で『六』と言えば何が思い浮かびますか」

「六道輪廻《りくどうりんね》、ですか？」

赤家が頷き、別のファイルを開いた。

「今回の一連の事件で見つかったハザマ建築の建造物は六つ。それに記されていた数字は六道輪廻を下から数えたものだと考えました」

細い指が監獄の白黒写真と慰霊塔を差す。

「ここでの怪奇現象は不明ですが、監獄ならば地獄道《じごくどう》と結び付けられます。歌舞伎町のビルに関しては詳細も不明なのでひとまず置いておきましょう」

納戸が咎めるような視線を送ったのは気づかないふりをした。

「守屋さんが初めて調査に赴いた高級マンションは過去の時間を繰り返すものでした。今さえ幸せならいいと進歩をやめた者が堕ちるのは人ならざる畜生道《ちくしょうどう》です」

赤家の手がページを捲る。まだ記憶に新しい火災のニュースの切り抜きだった。

「他者から奪い取ったもので私腹を肥やした者が堕ちる餓鬼道《がきどう》。あそこの住民にはそういうひとが多かったのでしょう。勿論全部が全部とは言いませんが」

「では、廃ホテルは？」

「我々のいる人間道《にんげんどう》は、前世の罪を償うために堕ちると言われています。あそこで貴方は過去を清算したのでは？」

俺は夢の中の光景を思い出し、唇を噛み締めた。

「清算できたかはわかりませんが……」


納戸がファイルで机を叩いた。

「まだ終わってないんだから辛気くさい面するなよ。大問題がひとつ残ってるだろ」

「最後のハザマ建築ですね」

「そうだ。これが厄介。というより、他の五つのハザマ建築は最後のひとつを生み出すための土台だったんじゃないかと思う」

納戸の言葉に、俺は姿勢を正す。

「赤家さん、最後というのは……」

「極楽浄土とも呼ばれる安住の地、天道《てんどう》です」

ハザマ建築は地上に天国を生み出すために、地獄を生み出し続けていたというのか。


「最後のひとつのあてはあるんですか」

「納戸さんが見つけてくれました」

納戸は資料の山から地図を引き抜いた。書籍が雪崩れを起こし、赤家が非難の目を向ける。

「逆転の発想でね、ヤシキガミを怒らせるための不浄がある場所を探したんだ。都内有数の心霊スポット。と言ってもお前は知らないか」

「そう思うなら勿体ぶらずに教えてください」

「戸山《とやま》公園だよ」

納戸が開いた地図には、ネットニュースの記事や個人ブログのスクリーンショットが貼り付けられていた。

「昔は陸軍が人体実験を行っていたって特大の曰く付きの場所だ。実際に百人分以上の人骨が発見されてる。今でも、公園内にある標高四十四・六メートルの箱根山《はこねやま》山頂じゃ、男の泣き叫ぶ声が聞こえるって噂があるらしい」

「そこの近くでハザマ建築の建造物が見つかったんですか？」

「ああ、意外な場所だよ。これは発見が遅れても仕方ない」

「その建物は何です？」

赤家は机上で手を組んで言った。

「高級老人ホームです。そこのキャッチコピーは『孤独死ゼロの家』でした」

件の老人ホームは天空を突くガラスの巨塔だった。まるでシティホテルだ。木を模した材質と黒の資材が上品に組み合わされ、ケヤキの木が風に揺れている。天道を模した場所というのも頷ける。

「すごいね。どんな人生を送ればここに住めるんだか」

軽く呟く納戸の目は口調に反して鋭かった。定礎板には「ハザマ建築」と「一」の字があった。ここが全ての元凶だ。

俺は気を引き締め、足を踏み入れた。


エントランスに入るなり、銀のししおどしを備え付けた水場があり、静かなせせらぎを立てていた。どこまでもホテルのようだ。管理人の姿はない。

「ここではみんなが助け合って生きてるから管理人が要らないんだってさ」

「どこかで聞いたような話ですね」

「あの共同住宅とは違うよ。ここには毎日ヘルパーやら料理人やらが出入りしてるんだ。金があれば何でも実現できるね」

納戸は声を低くした。

「いろんなものの皺寄せが来るのはいつだって貧民だ」

「そうですね……あの共同住宅もここを実現させるために作られたんですから」

足を進めると、光を取り入れる大きな窓の下に、空色の壁で覆われたロビーがあり、老人たちが集っていた。皆、綺麗な服を着て、チェスに興じている者や、蓄音機でレコードに耳を傾けている者もいた。


銀髪を結い上げた老女が俺に気づいて席を立つ。

「誰かのご家族かしら。ここは初めて？」

「いいえ、面会ではなく役所の方から調査に参りました」

「あら、そうでしたか。最近の方はみんなおしゃれで驚いてしまったわ」

老女は納戸の派手なシャツを忌むことなく上品に笑う。

「ここは入り組んでいて少し難しいでしょう。私にできることなら案内しますからね」

正直、赤家から話を聞いたときは、ここの住民によくない印象を抱いていた。他のヤシキガミ団地で苦しむ人々を顧みず、安楽な暮らしを享受している金持ちたち。実際に会ってみると、裕福であるが故にどこまでも優しく、分け与えることを厭わない人間だと思った。

納戸が俺に囁く。

「本物の金持ちってこっちが惨めになるよな。逆恨みしようとしたってとにかく善人だからできないし。人間の悪意を知らずに生きてくるとこうなるもんだ」

俺は曖昧に頷き、老女に向き直った。

「こちらは孤独死ゼロの家を謳っているそうですね」

「本当ですよ。私たちのような年寄りが多いと、亡くなる方もたまにいらっしゃいますけど、みんなに囲まれて安心していけるんじゃないかしら」

「何か気になることはありますか？」

老女は頬に手を当てて少し考え込む。

「そうですね。五島《ごとう》さんご夫婦のことは少し心配かしら」

「五島さんというと入居者の方ですか」

「ええ、ご夫婦の仲はとてもいいんですけれど、ふたりとも他の方とあまり交流しないのね。奥さんの方は心臓が悪いみたいだし、何かあったとき気づくのが遅れてしまうとね……」

一組だけ入居者たちと関わりがないということは、何かの異変に気づいているのかもしれない。

「わかりました。お話を伺ってみます」

「お手数おかけしますね。よろしかったら、みんなに顔を見せてちょうだいと伝えてくださ
い」

俺が会釈して踵を返したとき、蓄音機のレコードに耳を傾けていた老人が立ち上がった。

彼は俺を見据え、陸に打ち上げられた魚のように口を動かしている。

「どうかしましたか?」

「ぼけてるだけだろ。とっとと行こう」

納戸が俺の袖を引く間に、老人の白濁した両目から涙が零れ落ちた。頬を伝い、ネルシャ
ツの襟を濡らす涙はとめどなく溢れる。

老女たちが慌てて彼に駆け寄る。

「どうしたの。この方は役所の方ですよ。怖いひとじゃないの」

老人は嗚咽を漏らし、顔を覆って蹲った。掠れた声が漏れてくる。何かを詫びているよう
だった。

エレベーターで上階に上がり、個室の並ぶ棟に入っても、先程の老人が頭から離れなかった。

「あのお爺さん、何があったんですかね」

「さあ？　死んだ息子に似てたとかじゃないのか」

納戸は素気なく答える。とにかく、今は五島の聞き込みを行おう。俺は気持ちを切り替え、彼らが住むという部屋をノックした。


思いの外、呆気なく扉が開いた。中から現れたのは顔を顰めた老人だった。

「何だ、看護師じゃないのか」

老人は目に見えて不快な顔をすると、納戸を見て更に表情を険しくした。

「何だその格好は」

「これが普通のリアクションだよなあ」

納戸はせせら笑う。

「わかってるなら何とかしてくださいよ」

部屋の奥から杖で床をつく音が聞こえた。

「貴方、どうしたの？」

老人は途端に顔色を変え、部屋に駆け込んだ。

「お前は休んでなさい。今朝から調子が悪いんだから」

ネグリジェ姿の老女が杖に縋ってベッドから立ち上がろうとしていた。五島老人が慌てて妻を座り直させる。

「愛妻家なんだな」

納戸が口角を吊り上げると、奥の老女が微笑んだ。

「どうぞお上がりになって。汚いところですけど」


室内は老女の謙遜に反して、綺麗に整理されていた。落ち着いたオレンジのカーペットにオーク材のクローゼットと本棚が並んでいる。棚の上には、写真立てがいくつも陳列されていた。老女はリウマチで歪んだ手を何度も摩って頷いた。

「すみませんね、私が何のお構いもできずに……」

「いえ、お気遣いなく」

五島が仏頂面で、茶のコップを載せた盆を運んでくる。妻には割れ物を渡すように大事にコップを握らせ、俺と納戸の前には叩き付けるように置いた。

「用が済んだら出て行ってくれ。家内は心臓が悪いんだ」

「貴方ったら。もう困ったひとでしょう。ちょっとでも私にしてくれるみたいに他のひとにも優しくしてくれればねえ……」

納戸が笑い声を漏らすと、五島が鋭く睨み付けた。

俺は咳払いして老夫婦を見比べる。

「こちらのホームで何か最近変わったことはありませんか？」

「変わったことですか。私はあんまり外に出られないから……貴方、何かあったかしら」

「俺だってここの連中とは話さないんだ。ふらふらと日がな一日将棋だなんだと遊んで、レクリエーションだか何だか知らんがヘルパーが来たら幼児みたいに踊って、考えられない」

納戸が口の形だけで偏屈ジジイと呟いた。口を塞ごうかと思った。


五島の妻は杖の頭を撫でる。

「まったくねえ。私は心臓が悪いからこのひとより先に逝っちゃうでしょう？　独りになったときは他のひとたちと仲良くしてくれると思えれば安心なのに」

「弱気なことを言うんじゃない。手術だって無事に済んだだろう。お前は俺より長生きしてもらわないと」

肩を怒らせる老人に、妻が苦笑を向ける。写真立ての中の古びた写真にも同じ表情のふたりが写っていた。まだ若い五島は仏頂面で、妻は慈愛に満ちた苦笑を浮かべている。背景は高原や海、どこかのコンサートホール。仲睦まじくふたりで寄り添って生きてきたのだろう。


納戸は指先で縁を切るような仕草をする。俺は納戸の手を押さえた。

「大人しくしててくださいよ」

「ここにいても収穫がないだろ。老人の惚気《のろけ》話で一日潰すつもりかよ」

俺は仕方なく茶を飲み干して腰を上げた。老女はベッドの上から俺たちを覗く。

「もうおかえりになるの？　また遊びに来てくださいね。このひとの遊び相手になってあげて」

「誰がこんな奴らと遊ぶか」

五島が鼻を鳴らしたとき、老女の手からコップが滑り落ちた。零れた茶がカーペットを濡らし、一段と濃い色に染める。

手を滑らせただけだと思っていた。老女は心臓を押さえるようにネグリジェの胸元を握り締め、浅い呼吸で喘いでいる。充血した目は見開かれ、唇から細い息が漏れていた。

五島が色を失って妻に駆け寄る。

「お、お前大丈夫か！　薬は？」

老女は何度も首を振り、ベッドに倒れ込んだ。


俺は納戸の肩を押す。

「救急車！　納戸さんは下のひとを呼んでください」

「くそ、わかったけど……」

納戸が部屋を飛び出す。俺はスマートフォンを耳に押し当て、震える指でボタンを押そうとする。確か五島は看護師が来ると言っていた。そちらを呼んだ方が早いかもしれない。


俺は納戸を追って部屋を出る。

「納戸さん、看護師さんが来るかもしれない……」

呼び止めようとしたとき、後ろの扉が開いた。五島が唇を震わせて立っている。

「大丈夫です。奥さんのそばにいてあげてください」

「あ、ああ……」

五島が部屋に戻ってから数秒もしないうちに再びドアが開いた。

「どうしました？」

五島は俺の鞄を持って突っ立っていた。

「おい、あんた。これを忘れていったぞ」

先程まで蒼白な顔で狼狽えていた五島は、途端に平然としていた。俺は戸惑いつつ鞄を受け取る。

「ありがとうございます……奥さんは落ち着いたんですか」

「妻？」

五島は首を傾げた。明らかに何かがおかしい。ショックで記憶が混濁しているのか。

「しっかりしてください。奥さんが心臓発作を起こしてたんでしょう！」

「何の話をしてるんだ」

五島は本気で疑問に思っているようだ。俺は彼が咎めるのを振り切り、扉を押し開けた。

ベッドの上には誰もいなかった。老女の姿も、立てかけた杖すらもない。俺は視線を巡らせ、息が詰まった。本棚の上に並んでいた無数の写真立ての中が全て空になっている。夫婦の歩んだ軌跡を写した写真がない。カーペットに溢れた茶とコップだけが残っていた。

五島は仏頂面で俺を押し退け、固く扉を閉ざした。廊下の先で全てを見ていた納戸が引き攣った顔で立ち尽くしていた。

「納戸さん、一体何が起きてるんですか。五島さんの奥さんは……」

「孤独死ゼロってそういうことかよ」

俺は問い返す前に、最悪の考えに思い至った。ここはやはりハザマ建築のヤシキガミ団地だ。異変がないはずがない。

孤独死ゼロの家。それは、孤独死した者をその存在ごと抹消することで実現しているんだ。


俺と納戸はエントランスのベンチに座り込んだ。根が生えたように身体が動かなかった。

五島の妻はちょうど夫が部屋を出た瞬間に息を引き取ったのだろう。彼女は誰にも看取られず死んだことになった。孤独死があってはならない家でそれは許されない。だから、消された。


納戸は高い天井のシャンデリアを見上げる。

「嫌になる話だね。ここの金持ちが酷い目に遭ったらちょっと溜飲が下がるかと思ったら、ひたすらやるせないだけだ」

「俺は最初からそんなこと思ってませんよ……」

俺は自分の膝に肘をつき、頭を抱えた。

「存在ごと消し去られるから、入居者たちは異変に気づけないんですね」

「たぶん。五島の妻だけじゃなく、何度もこういうことが起こってるんだろう」

「みんな何もかも知らずに笑って生きてるんですね」


水のせせらぎが鼓膜を揺らした。小さな犬の置物が魚鱗のような水の光を受けて輝いている。納戸は煙草の箱を手のひらで叩いて呟いた。

「オメラスだな」

「何ですかそれ」

「お前勉強以外本当にものを知らないんだね。昔の短編ＳＦ小説だよ」

彼は唇をなぞり、吸えない煙草を吸う仕草をする。

「オメラスっていう架空の街の話だ。ここみたいに自然も豊かで何でもあって住民は優しい理想の街。でも、桃源郷を維持するためにはひとつだけ条件がある」

俺の前に納戸が指を突き立てた。

「その街の牢獄には何の罪もない哀れな子どもが劣悪な環境で囚われてるんだ。その子どもを牢から出したら街は崩壊する。お前ならどうする」

「俺は……」

助けると即答できなかった。そうすべきだと思ったが、その街に家族が住んでいたらどうだろう。他の土地に移り住んだところで今更生活を立て直せないほど老いた家族や病気の家族がいたとしたら。

納戸は皮肉に笑う。

「助けるって言わないところがいいね。オメラスの住人もそうなんだ。真実を知らされた奴は憤慨するけど、やがて現実を受け入れ、いろんな理由をつけて見なかったことにする。それに耐えられない奴らは自ら桃源郷に別れを告げて、オメラスから出ていくんだ」

俺は口を噤んだ。ここに住んでいる人間はオメラスの住人よりも罪がない。彼らは消し去られた入居者のことを知らないし、真実も知らないのだから。

「人柱伝説みたいな話ですね。誰かの犠牲の上に安全な暮らしが成り立ってる」

「日本人らしい考えだ。まあ、大なり小なりそんなもんだね。それが現実だ」

「でも、それじゃ駄目ですよね」

「まあね……」

沈黙を足音が断ち切った。エントランスの隅で老人が立ち尽くしていた。俺を見て涙を溢した男だった。

俺が戸惑いつつ会釈を返すと、老人はこちらに歩み寄り、しげしげと俺を眺めた。

「何でしょうか……」

老人は白濁して卵白のようになった目を擦る。

「いや、すまない……誰かに似ているような気がしたんだ」

納戸が片方の眉を吊り上げる。

「誰かって？」

「わからない。でも、ひどく懐かしくて、見た瞬間謝りたいと思ったんだ。それから、礼を言いたいとも。俺のせいで迷惑をかけていたのにずっと忘れていたような……」

老人は再び取り乱したように首を振り、去っていった。今の話と、老人の言葉が奇妙に重なった。

納戸が呻くような声を漏らす。

「ちょっと調べてみようか」

「そうですね」

俺はあの老人を知らない。もし、彼が俺を見て誰かを思い出したとしたなら、それは父ではないか。


穏やかな橙色の光が満ちるエントランスを抜け、老人たちが談話するロビーを横切る。廊下にはホテルのリネン室のような用具置き場や、食料品の搬入口があったが、別段引っかかるものはない。

更に足を進めると、またあの老人がいた。廊下にぼんやりと佇んでいる。彼の手にはエントランスにあったはずの犬の置物が握られていた。


納戸が怪訝そうに呟く。

「何してんだ、あの爺さん」

老人は犬の置物を振りかぶるなり、思い切り壁に振り下ろした。壁紙が破れ、ひびが入る。老人は穴を抉るように何度も何度も置物を振り翳した。

「何をしてるんですか！」

俺は老人の腕を掴んで止める。枯れ木のような腕のどこにこんな力があったというのか。

老人は俺を見つめ、顔をくしゃくしゃにした。

「守屋さん、すまない……」

俺は息を呑む。

「何だって？」

老人は俺の手を振り解いて駆け去った。俺は混乱しつつ壁の穴を見つめる。ある一点で視線が止まった。埃が舞い散る穴の中に真鍮のプレートの輝きがあった。「人」の文字がかけられた看板。目を凝らすと、壁紙とは色が違う壁がもう一枚ある。何かの部屋を塗り潰して壁を立てたらしい。


納戸が歩み寄ってきた。

「いかれてんな、あの爺さん。ちゃんとした老人ホームに入った方がいいよ」

「納戸さん、見てください」

俺は壁穴を指す。納戸は目を見張り、呻き声を漏らした。

「ここだ……」

「ここって？」

「ヤシキガミの本体。何ていうか、すごい力が渦巻いてる。怒ってる訳じゃないんだ。神本来の力っていうか……」

納戸は後退り、倒れ込みそうになった。俺は慌てて彼の背を支える。

「大丈夫ですか？」

納戸は青い顔で頷いた。

「壁を壊そうか。まだ誰にも気づかれてないみたいだし、やってみよう」

「俺がやります。下がっていてください」

珍しく納戸は従順に壁にもたれかかった。それが余計に不安を掻き立てた。


俺は老人が投げ捨てていった犬の置物を拾い、壁に向かって振り下ろす。轟音が響いたが、入居者たちが気づく様子はない。壁は薄く、急拵《きゅうごしら》えで設置したのか、簡単に破れた。残骸を手で押し退けると、固く閉ざされた黒い扉が目に入った。真鍮のプレートには管理人室の文字がある。

「管理人はいらないんじゃなかったのか……」

よく見ると、プレートの文字は「管理」と「人」がそれぞれ材質が違った。俺は手を伸ばして触れる。「管理」の字は呆気なく崩れ落ち、足元に散らばった。後には「人」の字だけが残された。

「人柱だ……」

納戸は蒼白な顔で自らの身体を抱えるように佇んでいた。

「お前の言った通りだよ。この管理人室に人柱がいる」

「どういうことですか？」

「わからないけど、何かの方法で人間をここに縛り付けているんだ。そのお陰で孤独死ゼロの老人ホームが保たれてる」

「そんな、何かの方法って、どういうことです。殺して埋めたってことですか」

「違う。違うよ。そっちの方がまだマシかもしれない」

納戸は唐突にえずき、胃液の混じった唾を吐いた。俺は彼の肩を支える。冷えた汗がシャツに滲み、身体がバラバラになりそうなほど震えていた。

「悪い。ここのヤシキガミは鎮められない。こんなの初めてだ。ヤシキガミは忘れられるどころか贄《にえ》を捧げられて丁重にもてなされてる。祓う方法がない……」

納戸がどうにもできないなら、俺にどうできるというのだろう。無理にでもやれとは言えなかった。これほど弱々しい納戸は見たことがない。

そのとき、頭上からざらりとしたノイズが聞こえた。廊下の壁に設置されたスピーカーがぽつぽつと音声を漏らし、やがて、言葉が吐き出される。

「五島さん……五島さん……」

俺は天井を見上げる。しわがれた声が四方を這い回るように響き出した。

「五島さん……五島さん……管理人室へお越しください……」

スピーカーから流れているのは、五島自身の声だった。

何が起こっているかわからない。だが、おそらく危険なのは五島だ。

俺は納戸を立たせ、彼の腕を俺の肩に回す。

「何が起こるかわかりませんが、放っておいたら五島さんが危険です。急ぎましょう」

納戸はまだ茫然自失だったが、僅かに頷いた。俺は納戸を引き摺って立たせ、廊下を走り出す。

視界の隅に黒いものが映り、俺たちを追い抜いて駆けていった。何十年分もの埃を固めたようなにおいが周囲に漂った。

「今のは……」

納戸に問う前に、上ずった老人の悲鳴が聞こえた。廊下の向こうから五島が駆けてきた。いや、自分の脚で走っているのではない。ばたつく両脚は宙に浮いている。五島は驚愕と恐怖を顔に浮かべ、見えない何かに摘み上げられて、豪速でこちらへ向かっていた。

「嘘だろ……」

五島が俺の真横を擦り抜ける。咄嗟に手を伸ばしたが、掴む隙もなかった。五島は尾を引く悲鳴を上げながら廊下を引き摺られ、布を振り回したように宙で反転した。

壁の穴が埃を舞い上げ、管理人室の扉が独りでに開く。息をする間もなく、扉が五島の身体を呑み込んだ。後には何事もなかったような静寂が残った。

立ちすくむ俺に、納戸が額を預けた。

「亨、連れてってくれ」

「……納戸さんは大丈夫なんですか」

「大丈夫じゃないけど、あんなもん見たらやるしかないだろ」

唇の端には唾液が玉の尾を引いていた。

「そんな状態で行かせられませんよ。俺が行きます」

「俺はお前の父親からお前を預かったんだ。それに、また守屋を連れて行かれてたまるかよ」

納戸は消え入りそうな声で言った。荒い呼吸が耳朶《じだ》を湿らせる。俺は納戸の背をしっかりと掴んだ。

「どうなっても知りませんよ」

「知ってろよ……」

俺たちは足を引き摺って管理人室の前まで辿り着いた。壁の中の扉は固く閉ざされている。納戸が俺の肩から手を外し、扉の前に座り込んだ。

「やってみる」

汗で濡れた髪を頬に貼り付け、納戸は唇を震わせた。

「夫神《それかみ》は天地《あめつち》開闢《ひらけ》て此方《このかた》唯一《ゆいいつ》にして御形《みかた》なし」

力ない祝詞が廊下に満ちる。

「虚《きよ》にして霊有《れいあり》　私《わたし》を親《した》しむ
家《いえ》を守護《しゅご》し　年月日時《ねんげつじつじ》　災無《わざわいな》く夜《よ》の守《まもり》　日《ひ》の守　大成哉《おおいなるかな》　賢成哉《けんなるかな》」

納戸は指先で扉を押した。

「屋敷神秘文《やしきがみひもん》、慎《つつし》み白《もう》す」

固く閉ざされていた扉が開いた。


壁に埋め込まれた、管理人室は白い光に満ちていた。窓があるはずもないのに、陽光がふんだんに取り入れられている。

俺と納戸は部屋に踏み入った。

内部は五島の部屋と同じ様相だった。ベッドにオレンジ色のカーペット、クローゼットに本棚。本棚には隙間なく本が詰め込まれていた。ピラミッドと目が描かれた分厚い雑誌。黒い背表紙の文庫本。リングファイルと罫線入りノート。ひどく懐かしい並びだ。

まさかと思った。


空色のカーテンがそよぎ、壁際の机に座る人影が見えた。椅子に腰掛け、机の上に広げた原稿用紙を捲っている。子どもの拙い字が記された、十ページにも満たない原稿用紙を何度も繰り返し捲り、また最初から読み直す。その手首には赤と黒のベルトの、文字盤に髑髏が描かれた腕時計があった。

納戸が喉を引き攣らせる。一番会いたかった、この場では一番会いたくなかったひとがそこにいた。

「父さん……？」

腰掛けていた人物が椅子を引いて身体をこちらに向ける。記憶の中と変わらない父がいた。

「お前、亨か？　それに斎竹くんも……」

父は俺たちを見比べ、見る間に顔を強張らせた。記憶の中の父がしたことのない険しい表情だった。　父は大股で歩み寄り、俺と納戸の肩を掴んだ。

「何でふたりがここにいるんだ！　誰に連れてこられたんだ！」

力強い指が肩に食い込む。父は泣きそうに顔を歪めた。

「どうしてお前たちが……」

納戸が項垂れ、子どものように顔を覆った。

「ごめん、守屋さんの息子を巻き込んだ。守れって言われてたのに」

「巻き込んだって……」

ふたりは同様に狼狽する。こんなときでも、納戸の方が実の息子らしく思えることを悲しむ余裕があった。俺はまだ大丈夫だ。自分に言い聞かせ、俺は父の手に自分の手を重ねる。

「父さん、俺は大丈夫だ。納戸さんも悪くない。俺たちは自分の意思でヤシキガミ団地とハザマ建築を調べてここに辿り着いたんだ」

「そんなことまで知る立場になったのか……」

父は呆然と俺を見つめ、複雑な笑みを浮かべた。

「亨、大きくなったな。斎竹くんも」


父はベッドに腰掛け、俺と納戸を見渡した。

「じゃあ、全部もう知ってるんだな」

「だいたいのことは。でも、父さんがここにいるとは知らなかった」

こうして父と話している今が、現実とは思えない。都合のいい夢のようだったが、重苦しい空気がそうではないことを告げていた。

父は自分の額を擦った。

「ここは孤独死ゼロの老人ホーム。ハザマ建築が建築を望んでいた技術の集大成だ。孤独死をさせないために、入居者に目を光らせ、独りで死んだ者を消し去る存在が必要になる。管理人と呼ばれているな」

納戸が掠れた声で「最悪だ」と呟いた。

「管理人は住民からランダムに選ばれ、次の管理人が見つかれば解放される」

「じゃあ、五島さんは……」

「さっき通りかかった老人か。管理人室が騒がしかったからな。この扉が破られて管理人が逃げ出したと思ったんだろう。それで選ばれたんだ」

父は考え込むような仕草をしてから、ふっと笑った。

「そうか。じゃあ、もう違うのか」

「何の話なんだ」

「言っただろ。管理人はランダムに選ばれる。ここの入居者だけじゃない。全てのハザマ建築に住む者たちからだ」

俺は息を呑んだ。嫌な予感が脳裏を過ぎる。父は表情を曇らせた。

「ハザマ建築を追ってここに迷い込んだとき、管理人名簿を見つけた。次の管理人は母さんだったんだよ」

絶望的な響きが脳を揺らした。

「だから、父さんは自分が犠牲になったのか」

「そんな大層なもんじゃないよ。俺はここでのんびり暮らしてただけだ。結局お前も母さんも悲しませてしまったな。ふたりとも愛想を尽かしてると思ったよ」

父は力なく笑う。胸の底から言葉にできない感情が湧き上がった。このヤシキガミは鎮めることができない。だが、新たな生贄を見つければ父は解放される。浮かんだ考えを押し殺していると、納戸が立ち上がった。

「守屋さん、亨と一緒に出なよ」

俺と父は同時に彼を見る。

「何を言ってるんだ、斎竹くん」

「そうですよ、納戸さんがやる必要なんて……」

納戸は肩を震わせ、カーペットを見つめていた。

「ここのヤシキガミは鎮められないんだよ。やっと辿り着いたのに、また守屋さんを置いていくのかよ。そんなの無理だ。俺が残った方がマシだ」

「駄目に決まってるじゃないですか！」

俺は納戸の肩を掴む。彼は唇の端を吊り上げた。

「自分の父親と天秤にかけてもか？」

今度の問いには、いとも簡単に頷けた。

「駄目です。だったら、俺が残ります」

「何でだよ。お前、そんなんじゃ騙されるって前も言っただろ」

「俺はそんなにいい人間じゃないですよ。さっきだって誰かを生贄にすれば父を取り戻せると思いました。今も自分のことを考えてます。もう二度と誰も奪われたくないだけなんです」


快活な笑い声が響いた。父はひどく満足げに笑っていた。

「ふたりはそんなに仲良くなってたのか」

戸惑う俺たちをよそに、父は目の端の涙を拭う。

「亨、斎竹くん。俺がここに残る」

「だから、何で父さんが……」

「ふたりなら次の犠牲者を出さずにこの連鎖を終えられると思うんだ」

納戸が細い息を漏らした。

「そんな訳ないだろ……」

「あるよ。ふたりともここまで辿り着いたんだ。協力してハザマ建築の実体を掴んでぶっ壊してくれ。そうしたら、みんな解放される」

父は両手を広げて呑気に笑って見せた。

「ほら。ここはいいところだろう。俺は気楽にやってるんだ。だから、何も心配することないんだよ」


俺は何とか頭をもたげて頷いた。納戸はまだ迷っているようだった。

「行きましょう」

「亨、やめろよ」

俺は抗う納戸の手を掴み、踵を返した。父がそれでいいんだと笑う。俺は足を止め、一度も父に言ったことがない言葉を紡いだ。

「じゃあ、また……行ってきます」

父は眉根を下げて笑った。

「行ってらっしゃい」


気がつくと、俺たちは老人ホームの廊下に座り込んでいた。壁の穴は消し去られていた。

何も起こっていないかのように全てが平穏に戻っていた。

悲しみが身体を満たしてしまう前に自分を奮い立たせる。納戸はまだ座り込んでいた。

廊下の隅から、ロビーにいた老女が顔を覗かせた。

「あら、大丈夫ですか？　どこか具合が悪いの？　待ってて、ひとを呼んできますからね」

何も知らない、善良なひとだ。これからも何も知らずに生きていくのだろう。それでもいいと思えた。

「ご心配なく」

俺と納戸は立ち上がり、歩幅を揃えて廊下を歩き出した。

ロビーの前を通り過ぎたとき、五島の姿が見えた。例の老人と向かい合い、訥々と会話をしている。俺を見て泣いた男は、前の管理人だったのかもしれない。

五島は老女たちに囲まれて、茶菓子を差し出されていた。彼の妻の言葉が浮かんだ。自分がいなくなったらみんなと仲良くしてほしい。皮肉にもその願いが叶ったことをどう思っているだろうか。五島はまた、空の写真立てが待つ部屋に帰るのだろうか。


老人ホームを後にすると、空は暗くなっていた。

俺は新宿駅に辿り着くなり、納戸に導かれて喫煙所に入った。夜の街は昼間よりも明るく見えるほど燦然とネオンが輝き、人波が押し寄せている。

納戸は煙草を咥えて呟いた。

「本当にこれでよかったのかよ」

「いいんですよ。父の言った通り、俺たちがハザマ建築を壊せば全部が元に戻ります」

「簡単に言ってくれるね」

納戸は喫煙所に屯する人々を眺めた。

「何も知らずに呑気なもんだ」

「俺だって少し前までは同じでしたよ」

「……ハザマ建築はヤシキガミと同じかもしれないね」

「そうですか？」

「誰もひとりで死なない老人ホームが最終目的なんだ。どう考えたって悪意を見出せない。だから、余計にタチが悪い。天国を地上に造るためにどんな犠牲も善意で行うなんて、神と同じだ。対抗できるのかな」

「納戸さんは立ち向かってきたじゃないですか」

納戸は俺を見つめて煙を吐く。

「嫌になるほど親子そっくりだね」

「俺は納戸さんの方が父に似てると思いましたよ」

「嫉妬した？」

俺は納戸を無視して喫煙所のパーティションを出る。納戸がふらふらと追ってきた。

「怒るなよ。冗談だろ。本当にガキだねお前は」

「ガキじゃない方がいいですか」

俺は人々の波に合流して歩き出す。何も知らない人々に交じって夜の街を進み、駅のホームに向かう。

「納戸さん、コンビニで奢ってくれるって言いましたよね」

「忘れてなかったんだ」

「忘れませんよ。煙草買ってください。ライターも」

納戸は驚いた顔をしてから、唇の端を吊り上げた。

「煙草吸ったらガキじゃなくなると思ってるのがガキなんだよ」

「喫煙所で手持ち無沙汰なんですよ。納戸さんだって父と同じ銘柄を選んで吸ってるじゃないですか」

「ああ、本当に嫌なガキだ。とっとと事件を解決してコンビ解消したいよ」

俺は口角を上げて笑みを返す。人々でごった返す駅に踏み入った。
足元のタイルのひとつに、蓮華座のレリーフが彫り込まれていた。

了

木古おうみ
Oumi Kifuru

2022年、第7回カクヨムWeb小説コンテスト“ホラー部門”大賞とComic Walker漫画賞をダブル受賞した『領怪神犯』でデビュー。他に『檻降り騙り』など。

ヤシキガミ団地調査録

2025年4月15日　第一刷発行

著者　木古おうみ
カバー　灸場メロ
ブックデザイン　bookwall
編集　福永恵子（産業編集センター）
発行　株式会社産業編集センター
〒112-0011
東京都文京区千石4-39-17
印刷・製本　株式会社シナノパブリッシングプレス

ISBN978-4-86311-441-8　C0093